霊能探偵・藤咲藤花は
人の惨劇を嗤わない
4
Author
綾里けいし
Illust. 生川

桜が降る。
櫻が降る。
儚く、美しい白色の乱舞の中、
藤花はぽつりとつぶやいた。
藤咲朔
Saku Fujisaki

「幸せだね、朔君」
「ああ、そうだな」
藤咲藤花
Toka Fujisaki

歌が。

歌が、聞こえる。

藤花が、春を謳っている。

彼女に膝枕をしてもらいながら、朔は美しい旋律を耳にした。彼の髪を撫でながら、藤花は穏やかな調子でさまざまな歌を紡いでいく。それらは春の歌がほとんどだった。

「これからも、
ずっといっしょに
歩いておくれよ！
約束だよ！」
好きだなと、思った。
こういう子だからこそ朔は
藤花を好きになったのだ。
彼は藤花を抱きしめる。
そうして、彼はささやいた。

「誓うよ。死ぬまでずっと藤花の傍にいる」
「違うよ。死んだって、僕は離れないから」

contents

design musicagographics

霊能探偵・藤咲藤花は人の惨劇を嗤わない 4

Author 綾里けいし
Illust. 生川

藤咲藤花

「かみさま」になりそこねた
少女。
朔とともに藤咲からの
逃亡生活を送っている。

藤咲 朔

異能を強める
特殊な目を持つ。
藤花を守りながら
逃亡生活を続けている。

プロローグ

桜並木は白く盛大に花をつけている。同時に、その盛りは少しばかりすぎてもいた。ゆえに花は一枚一枚、花弁を手放していく。柔らかな白が舞い、辺りは桜の海と化していった。

どうっと重く、風が吹く。

腹に響くような、鼓膜を押すような、そんなふうに空気は流れた。

藤咲朔《ふじさきさく》の視界は一面の白に染まる。

無数の花弁が宙を舞った。それらは地面に無惨に叩《たた》きつけられる。あるいは水面に軽やかに舞い落ちる。または空中へと再度投げだされ、くるりくるりといつまでも踊り続ける。

一連の様を見ながら、朔は息もできないような心地に陥った。

それだけ、花たちは濃密に空間を埋めている。

まるで、人ひとりが立つ場所も許さないかのごとく。

だが、その中に、一点。

異質なものが、あった。

黒。

黒い少女だ。

花吹雪の中、少女が立っている。

その立ち姿は、辺り一面に振り撒《ま》かれた桜の白に背くかのようだった。

頑《かたく》なほどに、彼女は黒一色だけを身に纏《まと》っている。クラシカルなワンピースは、遠い昔の貴婦人のドレスを連想させた。ストッキングに絹手袋も、そのすべてが夜のごとく黒い。

そして、彼女の顔は花に負けじと美しかった。まるで人ではないかのようだ。それだけ、彼女の容姿は整っている。人でないのならば、なにかと問われれば、答えはひとつしかなかった。

少女。

彼女は少女性の化身である。

黒でありながら、華麗な、可憐《かれん》な、鮮烈な印象を残す――少女たるもの。

それが、ただの人とは異なる――彼女という存在だった。

また、どうっと風が吹く。

瞬間、少女は走りだした。

大きく、朔は腕を広げる。

少女――藤咲藤花《とうか》は、迷いなくその中へと飛びこんだ。

今までまとっていたヴェールのごとき神秘性を、彼女は勢いよく脱ぎ捨てる。朔の胸に、藤花《とうか》は甘えるように頬《ほお》を寄せた。彼の匂いを吸いこみ、彼女は声を弾ませる。

「ごめん、朔君《さく》。待たせたね！」

「大丈夫。ぜんぜん待ってない」

「嘘《うそ》でしょ？　だって、上着に花弁がいっぱいついてるよ？」

「……実は、デートが楽しみすぎて二時間前から待機してた」

目を逸《そ》らしながら、朔は応える。ぴょんっと、藤花は漫画のように跳びあがった。繊細なドレスの裾《すそ》を揺らしながら、彼女は着地する。そのまま、腕を組むと唇を尖《とが》らせた。

「もう、朔君はこれだから！　僕の到着は十二時をすぎるからって言ってあったよね？」

「もしも藤花の用事が早くに終わった場合、俺が待ち合わせどおりに来ていたら再会が遅くなる。そのぶん、いっしょに過ごせるはずだった時間を無駄にしてしまうことになるじゃないか」

「朔君は、僕にこだわりすぎなんだってば！」

「そんなことないぞ。藤花と思い出を積み重ねられる時間は貴重だ」

「いっしょに住んでるんだから、デートなんて明日もあさっても、いつだってできるでしょ！」

まったくと、藤花は頬をふくらませた。はいはいと、朔はその頭を撫《な》でる。

むぅっと、藤花はさらに丸くなった。まろやかな輪郭を、朔はつつく。ふんっと、藤花は横を向いた。むにむにと、朔は頬をもむ。しかたがないなぁと、藤花は笑いだした。

ふざけあいながら、ふたりは公園のベンチに腰を落ち着ける。

「えーっとね、ちゃんと手に入れてきたよ」

そう言いながら、藤花は腕にさげた紙袋へ手を入れた。中から、彼女はビニールパック入りの桜餅《さくらもち》をとりだす。丸い菓子は、ちゃんと塩漬けのオオシマザクラの新葉に挟まれていた。

思わず、朔は驚きの声をあげた。

「凄《すご》いじゃないか。まだ流通は完全には復活していないのに」

「えへへ、公園で知りあったおじいさんが、和菓子細工の職人さんでね。お話ししたら、特別にって作ってくれることになったんだ！」

これを受けとるため、本日、藤花は先に家をでたのだ。そうして用事を済ませた後、桜の咲く公園で朔と合流したのだった。成果である桜餅を手に、藤花は花のように笑う。

「さすがにケーキは準備できなかったけど、今日は朔君の誕生日だからね！」

朔はうなずいた。だが、少し前まではこんなふうに誕生日を祝えるなんて思いもしなかった。

今まで、朔と藤花はさまざまな事件に巻きこまれてきた。美しい地獄を見捨て、醜い地獄をめぐり、その果てには『神様』と呼ばれる超常の存在の暴走にまで直面した。

大変だったのは、朔たちだけではない。

そのせいで世界は一度滅びかけたのだ。

それでも、今ではすべてが解決した。

穏やかかつ和やかに、世間の時間は流れている。この公園では春らしく、白い桜がはらはらと降り続けていた。それもまた、平和の象徴のように見える。

不意に朔《さく》は思った。この場所は自分の知る空間と似ている。

『かみさま』のいた、この世とあの世の狭間の匣庭《はこにわ》に。


なにもかもが、美しくて。

なにもかもが夢のようだ。


そう、朔は物思いにふけりかける。だが、ハッと首を横に振って、藤花《とうか》へ視線をもどした。彼女との時間を無駄にすることはできない。桜餅《さくらもち》をひとつ手にとり、藤花はおずおずと朔へさしだした。真っ赤になりながら、彼女はつぶやく。

「さ、朔君、あーん、しても、よろしいでしょうか？」

「なんで急に敬語？」

「なんとなく、です」

「もちろん、よろしいです」

「そ、それじゃあ、あーん」

「あーん」

「ふへへ……って、待って待って待って、僕の指まで食べないで」

かぷりと、朔は藤花の白い指まで食んだ。

菓子の甘さを感じつつ、彼は彼女の滑らかな肌を舌でなぞる。続けて、軽く嚙《か》んだ。

ひゃあっと、藤花は声をあげる。形のいい爪《つめ》にかりりと歯をたてて、朔は口を離した。器用に喉奥《のど》へ押しのけてあった桜餅を、元の位置にもどす。数回嚙んでから、彼は呑《の》みこんだ。

ちゃんと味わったあと、朔はうなずく。

「ん、うまいな」

「……朔君の」

「どうしたんだ、藤花？」

「朔君のムッツリすけべえええええええ」

目をうるませながら、藤花は叫んだ。心外だと、朔は両腕を組む。

「ムッツリ、なんてことはない。指なら、堂々と食べたぞ」

「うわあん、もっと前の朔君はこんな子じゃなかったよぉ」

「こんな俺は嫌いか？」

「……大好きです」

「うん、ありがとう」

「朔《さく》君は？　僕のことは？」

「もちろん、大好きだよ」

朔は藤花《とうか》の肩を抱いた。そのまま、自分へ引き寄せる。

驚いたのか、藤花は一瞬だけ身を固くした。けれども、すぐに日向《ひなた》の猫のように、やわらかく朔に体を預けた。彼の首筋に、彼女は甘えるように鼻をすり寄せる。その息はくすぐったい。

朔はますます藤花を強く抱いた。彼女の温かさを、彼は必死に記憶しようとする。

穏やかな時間が流れた。

寄り添ったまま、ふたりは花弁がはらはらと落ちる光景を眺める。


桜が降る。

櫻が降る。


儚《はかな》く、美しい白色の乱舞の中、藤花はぽつりとつぶやいた。


「幸せだね、朔君」

「ああ、そうだな」

朔は目を閉じる。今は平和だ。何度時間をくりかえしたところで、自分はこうして藤花とい
る道を選ぶだろう。後悔はない。なにひとつない。だからこそ、彼は噛《か》みしめるように応えた。

「本当に、そうだ」

これ以上に幸福な日々などないだろう。
これ以上に幸せな時間などないだろう。

痛いほどに、朔はそう知っている。だからこそ、彼は心の底から言いきった。

「俺は幸せだ」

空は晴れている。
桜は降り続ける。
すべては美しく。

風は、冷たい。

第一の事件　花嫁の愛

山査子冬夜《さんざしとうや》は、恐れることなく刃をかまえる。そして、彼は皮肉げにつぶやいた。

「おはよう、かみさま」

そうして、
そうして?

ナニが、起きた?

＊＊＊

はっと、朔《さく》は目を覚ました。

(あ……れ?)

ぐらぐらと揺れる頭を、彼はてのひらで押さえる。

必死に、朔は状況を確認しようとした。気がつけば、彼は重く湿った布団に寝かされている。目の前には木製の天井が広がっていた。室温は低い。濡《ぬ》れているようにひやりとした空気が、今がまだ雪降る冬であることを告げていた。体を起こして、朔は前方を見つめる。

彼は和室にいた。

床には、古いが清潔な畳が敷かれている。広い部屋に物はほぼ置かれていない。だが、床の間には、達筆すぎて読むことのできない漢字の掛け軸がかけられていた。不思議と、なにが記されているのかはわかった。禍々《まがまが》しさこそ感じられないものの、まじないの一種だ。そこからは部屋の持ち主が、ただの人間ではない事実をうかがい知ることができる。けれども、そんなこと、朔からすればどうでもよかった。問題は他にある。

大事な黒色が見えなかった。

黒いドレスをまとった、美しい少女がいない。

「…………また、俺だけが」

その事実に、彼は一瞬パニックに陥りかけた。

だが、すぐに、自分の逆側に布団の小山が並んでいることに気がついた。むにゃむにゃという典型的な寝言とともに、なだらかな稜線が動く。中では、誰かが寝ているようだ。その人物が朔のほうを向いた。人形じみて整った顔が覗《のぞ》く。美しい少女が、穏やかに眠っていた。

瞬間、朔《さく》はほっと胸を撫《な》でおろした。続けて、彼は小さく笑う。彼女は、自分の黒髪を食べてしまっていた。これでは美人が台無しだと、朔は腕を伸ばす。そっと、彼は小さな唇から、ヨダレで汚れた髪束をひきだしてやった。それから、彼は少女の白い頬《ほお》を撫でた。

「……藤花《とうか》」


祈るように名を呼んで、朔は目を閉じた。

彼の恋人。

唯一の大切。

藤咲《ふじさき》朔のすべて。

その藤咲藤花は、ちゃんと息をしている。詳細はわからないが、体にも異常はなさそうだ。

隣で藤花が生きてくれている。その事実に対して、――特定の信仰対象はいないが――朔ははばくぜんとした祈りと感謝を捧げた。だが、なぜ、自分たちがここにいるのかはわからない。

痛む額を、朔はふたたび押さえた。彼は記憶を探る。


『私は、べつにあなたに死んで欲しくなんてなかったんだ』

『ついでだ、足止めくらいならしてやるよ。君たちは好きなところで死ぬといい』

思いだすのは、春を冠した妹の死。

そして冬を冠した兄の細い背中だ。


「……そうだ」

名状し難き黒。

『神様』と呼ばれる超常の存在は――力を抑えていた異能消去者の逃亡により――暴走を開始した。足止めを務めるという山査子冬夜《さんざしとうや》を置いて、朔たちは小屋から逃げだしたのだ。

夜の山中を、ふたりは手を繋《つな》いで必死に走った。枝葉が顔に当たった。凍った雪や、飛びだした根に足もとられた。それでも、『神様』という名の怪物から離れたい一心で、朔たちは駆け続けた。言葉にせずとも、ふたりにはわかっていたのだ。

アレは邪悪という概念。

世界を完全に滅ぼす者。

なにもかもを意味なく殺す、黒き存在だった。

捕まれば、死は免れない。

自分だけならば、朔《さく》は別に死んでもよかった。だが、藤花《とうか》のことは絶対に生かしたかった。そのためにも、二人は死にものぐるいで逃げ続けた。だが、急に、足場が消失した。コンクリート舗装をされた坂を転げ落ちながら、朔は気がついた。道路にでたのだ。藤花を抱えて、彼は路面に落ちた。そのときだ。運悪く、ふたりにヘッドライトが迫った。

全身で、朔は藤花をかばった。
衝撃があり、意識は途絶えた。

そうして、
そうして?

ふたりはなぜか、立派な和室にいる。
「……なにが、どうなっているんだ?」

朔はつぶやいた。

そのときだ。

スッと、静かに襖《ふすま》が開かれた。清浄な空気が流れこんでくる。

朔はそちらに顔を向けた。廊下には、一枚の絵画のごとく、冬の白い光景が広がっている。

それを背後に、誰かが姿を見せた。

眠っている藤花を、朔は背にかばう。警戒しながら相手をにらんだ。

そこには、奇妙な人物が立っていた。

歳若い青年だ。彼は——地味だが高級そうな——厚手の着物に身を包んでいる。そこまでは普通だが、白い額にはまじないを書いた札が貼られていた。髪は短い。刈りあげに近い髪型は男性的だが、体の線は細かった。整った容貌にも、女性的な柔らかさがある。

一歩、男性は朔に近づいた。

藤花を抱えてどう逃げるか、朔は考えた。

その警戒を解こうとするかのように、青年はふわりと笑った。

「よかった。速度はだしていませんでしたが、車で接触してしまったときはどうなることかと思いました……轢《ひ》いておいてなんですが、警戒は無用ですよ」

「…………っ」

「本当です。この場所は、『神様』からは遠い」

「……『神様』のことを知っているのですか？」

「ええ、『預言』でね」

なめらかに青年は応えた。

思わず、朔《さく》は目を見開く。

彼は『預言』と言った。呼吸と同様のものであるかのごとく、その不自然な言葉を口にした。

つまり、相手の正体は自明だ。


「『預言の安蘇日戸《あそひと》』の一族の者か?」

「ご明察です。藤咲《ふじさき》の朔殿。私はその当主です」


名を呼ばれたことに対し、朔は内心舌打ちした。

山查子冬夜《さんざしとうや》は『朔と藤花《とうか》は死んだ』旨を藤咲に伝えたはずだ。それなのに、朔の生存はバレてしまっている。また、異能増幅の力をもつ目を求められるのか。

朔がそう考えたときだ。安蘇日戸の当主は思わぬ言葉を続けた。

「安蘇日戸は宗教法人でもあります。我々はこの国の、ひいては世界の求道のため、常に動いている。此の度の滅びの危機は先代から預言されており、我々はそのときが来るのを待っていました。破滅を、無辜《むこ》の死を防ぐために……その準備のため必要なのは、朔殿ではないのです」

「……なに?」

嫌な予感に、朔は目を細める。

安蘇日戸の当主は告げた。

「滅びの回避には『藤咲の女たち』が必要です。そうして、藤咲藤花殿は特に重要な存在だ」

共に、世界を『神様』から救いましょうね。

そう、安蘇日戸の青年は美しくほほ笑んだ。

＊＊＊

「断る」

「おや」

間髪いれず、朔は答えた。

目を丸くして、安蘇日戸の当主は胸元から扇子をとりだした。バッとそれを開き、彼は己の口元を覆う。紙製の表面にも、漢字でまじないが書かれていた。だが、床の間の掛け軸と同様に悪意は感じられない。それでも、特有のうさんくささはある。

そう、朔は身がまえた。不思議そうに、当主は首をかしげる。

「世界を、救いたくはないのですか?」

「俺が助けたいのは藤花《とうか》ひとりだけだ」

「なるほど。しかし、『神様』を放置すれば世は混迷に陥ります」

「知ったことか」

「その果てには、藤花殿も死にますよ」

うっと、朔《さく》は息を呑《の》んだ。

その可能性は否定できなかった。彼の目にした『神様』は、それだけ異様な存在だったのだ。

だが、と朔は思う。『神様』は単体だ。すべての人間を殺せるはずがない。けれども、冷静に考えようとすればするほど、本能が告げてきた。朔の心臓も怯《おび》え、声高に叫んでいる。

『アレは世界を壊せる』ものだと。

安蘇日戸《あそひと》の当主の言葉にも、嘘偽《うそいつわ》りは感じられなかった。ならば、『神様』は世界を終わらせるすべをもつのだろう。ソレが暴走を始めた以上、この先にはなにが待つのか。

知りたい。

知りたくはない。

迷ったすえに、朔はこぶしを握った。ツバを飲みこみ、彼は覚悟を決めてたずねる。

「……これからなにが起きるっていうんだ?」

――パンツ
安蘇日戸《あそひと》の当主は扇子を閉じた。その先端を口元に鋭く当てて、彼はささやく。
まるで、子供が内緒話でもするかのように。
「問題となるのは、殺意の伝播《でんぱ》ですよ」

＊＊＊

まるで、御伽噺《おとぎばなし》のような話がはじめられた。

だが、恐ろしいことに、それは進行中の現実でもある。

『神様』は単体でも強い。優れた暗殺者であった山査子《さんざし》冬夜《とうや》も、ソレに挑んで敗れたという。

彼の死亡は確認済みとのことだ。その遺体は押し潰《つぶ》された果実のように、ぐちゃぐちゃにされていたという。だが、『神様』の真の脅威は物理的な力ではない。

「アレは、」

世界を呪っている。

人間を呪っている。

生物を呪っている。


海を。

陸を。

空を。

生者を。

死者を。


なにもかもを呪い続けている。

「しかも、その殺意は伝染する」

以前、山査子内で起きた『神様』の暴走時もそうだったという。

『神様』の呪いの影響を受け、多くの人間が壊された。彼らは殺意に取り憑《つ》かれ、他者を襲った。結果、直接的に『神様』の手で潰された者よりも、一族内で生じた殺しあいによる死者数のほうが多かったという。混乱した山査子は、『伝染した』人間をすべて抹殺することで事態を収めた。そして、『神様』には『異能消去者』をあてがい、暴走を抑えたのだ。

「まさか……そんなことが……」

事実を聞いて朔《さく》は愕然《がくぜん》とした。

山査子《さんざし》が『神様』の暴走に対して、そんなめちゃくちゃな処理方法をとっていたとは思わない。しかも、山査子はその後も『神様』を手放そうとしなかった。それどころか。完全な制御を果たした者には、当主の座をあたえるとまで高らかに謳《うた》っていたのだ。

正気の沙汰《さた》ではない。

そう、朔は言葉をなくした。彼の反応にはかまうことなく、安蘇日戸《あそひと》の当主は続ける。

「アレは周囲に存在する生物へと、他者に対する殺意を植えつけるのです。『伝染した』人間や動物は呪いの新たな感染源となり、殺意を伝播《でんぱ》させていきます」

「ならば、早々に『神様』を隔離しなくてはならないのでは？」

「おっしゃるとおり。しかし、もう遅い。山査子が『神様』を山に隠していたことが愚策でした。冬とはいえ、あの周りには虫や動物がたくさんいたのです。殺意の伝播は始まってしまった……すでに進行は手がつけられない。また、逃亡した『異能消去者』も、巣穴から出た熊に殴られて、顔面を潰《つぶ》された状態で発見されています」

「それじゃあ、なす術《すべ》はないんじゃ？」

「ありますよ。世界を救う道は存在する」

パンッと、安蘇日戸の当主は扇子を開いた。それを、彼はひらりと動かす。

自らの首に、当主は扇子を押し当てた。スッと、彼は掻《か》き切る真似《まね》をする。

「『神様』を殺すことです」


つまりは、『神殺し』ですよ。


ごくりと、朔は息を呑《の》んだ。ある事実を、彼は思いだす。

少女の形をしていた、藤咲《ふじさき》の美しき『かみさま』は死んだ。肉体を殺されたあと、彼女は残っていた魂を自ら彼岸へと送った。このように、超常の力を持つ者の『死』の事例はある。

だが、山査子から産まれた『神様』は殺せるのだろうか？

悩む彼の前で、安蘇日戸の当主は表情を緩めた。

「最悪、そこまではできなくてもよいのです。ようは、力を抑えられれば大丈夫ですから」

「けれども、『伝染した』者たちは……」

「山査子は逸《はや》って、全員を抹殺しました。けれども、その判断は誤りです。近くにいた動物を調べた結果、『神様』が抑えられるのと同時に、他者に対しての猛烈な殺意はなくなるという事実が確認されています。つまり『神様』さえなんとかできれば、全部の呪いが融けるんです」

そうして、世界は救われる。

力強く、安蘇日戸《あそひと》の当主は断言した。軽く頭をさげ、彼は懇願する口調で言う。

「協力を、してはもらえませんか」

「話はわかりましたが……」

しかしと、朔《さく》は思った。

まぶたを閉じて、彼は記憶を探る。小屋から脱出するさい、朔は『神様』の姿を目撃していた。形容しがたい黒色は禍々《まがまが》しく、恐ろしかった。アレは、人の相手にしてはならないものだ。

いったい、どう抑えるというのだろうか？

それに『藤咲《ふじさき》の女たち』はなぜ必要なのか。

疑問を、朔は口にしようとする。だが、その前に、背後から凛《りん》とした声があがった。

「いいよ。僕も世界を救いたいから」

少女たるものが、答えを口にする。

ゆっくりと、朔は振り向いた。

そこには藤花《とうか》が立っていた。今、彼女は白い寝巻きを着せられている。そのさまは清廉として、美しかった。だが、死に装束をまとっているようにも見える。不吉さに、朔は息を呑《の》んだ。

一方で、藤花はまっすぐな目をして続けた。

「ここは朔君の生きている世界だからね」

ああと、朔は口を動かした。今のような表情をしているときの藤花は、彼がなにを言っても聞かない。すでに、藤花は覚悟を固めていた。朔は考える。

おそらく、二人の思いは同じなのだ。

朔も、藤花の生きている世界を守りたかった。彼女が殺されるなど絶対に嫌だ。同時に、藤花が亡くなったのならば、この世にはなんの未練もなかった。それは藤花のほうも同じだろう。

朔のいない世界には価値などないのだ。

もしも、大切な人が死んだのならば。

そのときは、世界なぞ滅びてしまえと。

ふたり共が、残酷に酷薄に考えていた。

＊＊＊

「それで、僕はなにをすればいいのかな？」

「少々お待ちください。まずは藤咲《ふじさき》家に連絡をとる必要がありますので」

「……藤咲家に」

朔《さく》は苦い声をだした。

藤咲家は――真に秀でた異能者であった――『かみさま』を失った。

今は立ち回りの上手い分家の少女が、すべての采配《さいはい》を行っている。万能であった『かみさま』とは違い、彼らは異能の増幅ができる朔の目を強く求めていた。ゆえに藤咲家に居所を知られるのは、彼からすれば危険なことといえる。目の独占のために藤花《とうか》とひき離され、二度と会えなくなる恐れがあった。だが、事情を聴いても、安蘇日戸《あそひと》の当主はゆるやかに肩をすくめた。

「今は世界の危機なんですよ？　藤咲家も、そしてあなたも、そんなことを気にしている場合ではない。そうではありませんか？」

「……おまえはそう言うがな、多くの異能者にとって、異能の増幅は至上命題なんだ」

「……まあ、そうですね。しかし、藤咲とて真に愚かではない。異能の一族とは、すべて小動物のように利己的で賢明なものだ。『今は各自の栄華を競う状況ではない』と彼らも、じきに理解するはずです……しかし、そうですね」

パンッと、当主はふたたび扇子を開く。

口元を隠し、彼は独り言のようにブツブツとつぶやいた。

「現時点では協力を要請したところで、お互いの思想が嚙《か》みあわず、上手く運ばない可能性が高い、か……なるほど？　急《せ》いてはことを仕損じます、か」

パンッと、彼は扇子を閉じた。トントンと己の肩を叩《たた》いて、当主はささやく。

「ならば、しばし『待つ』としましょう」

「そうしてもらえると助かる」

「いえいえ。ですが、そのあいだにお頼みしたいことがあるのです」

「よりにもよって、今？」

「ええ……実は、この『お願いごと』は、世界の危機とどちらを優先するべきか、迷っていたほどのものでした。今すぐに動けないのであれば、ぜひとも、私の望みを叶えていただきたい」

「なにを」

「霊能探偵・藤咲藤花――彼女はそう呼ばれていたと聞いています」

扇子で、当主は藤花を指し示した。

朔は嫌な予感を覚えた。藤花自身は、異能力を正しく使うことを目指して、霊能探偵を行っていた。だが、その名前自体には、血の匂いがこびりついてしまっている。

今もまた、朔の懸念そのままの言葉を当主は口にした。

「かつて、私の花嫁が殺されました。彼女にひと目逢いたいのです」

扇子で、彼は己の目を隠す。そして、歌うような口調でつむいだ。

「死した姿が、どれほど変わり果てていたとしてもね」

醜くとも、
おぞましくとも、
恐ろしくとも。

それでも、なお、もう一度だけ、逢いたいのだと。

まるで、伊弉諾《いざなぎ》が伊弉冉《いざなみ》のもとへ向かったように。

「花嫁と私を再会させてください」

当主は望んだ。藤花《とうか》は応えない。

それでも、事態は勝手に進むようだった。

＊＊＊

しんしんと、雪が降っている。

ぎしぎしと板を鳴らしながら、朔《さく》たちは安蘇日戸《あそひと》の縁側を歩いていた。

横手には庭が見える。

重く固まった白色をかぶった松や、無彩色の石灯籠《いしどうろう》。まだ凍ってはいない、錦鯉の泳ぐ池。

そんなものたちは永瀬《ながせ》の庭で見た光景とほぼ同じだった。だが、かすかに異なるところもある。

白い息を吐きながら、朔は思った。


雪の量が少ない。

いずれ春が来る。


桜のしたで、いつか笑いあえるはずだ。幸福な姿を、朔は想像しようとする。だが、世界が危機的な現状で、それは難しかった。朔が苦悩するあいだにも、安蘇日戸の当主はささやく。

「こちらです」

彼は立ち止まった。聞いた話を、朔は思い返す。

当主の名は、関谷《せきや》というらしい。表向きには、もっと複雑な呼びかたがあるという。だが、母親のつけた名前はそれとのことだ。彼が安蘇日戸《あそひと》の頂点に立つことになった背景にも、複雑な事情が垣間見えた。だが、関谷はそれについては一切を語らなかった。

静かに、彼は花柄の襖《ふすま》を開く。

中から、女性の部屋が現れた。異能者の屋敷では珍しいことに、内装は和洋折衷になっている。畳敷きの床には、古びた文机が置かれていた。それらとパステルカラーの近代的な座椅子《いす》や文庫本の詰められたデザイン棚などが違和感なく調和している。瓶詰めのプリザーブドフラワーや、デフォルメされた兎《うさぎ》の彫刻なども飾られていた。その黒ガラスの瞳《ひとみ》を、朔《さく》は見つめる。

恥ずかしそうに、関谷はささやいた。

「それらの小物たちは私の贈ったものでして……最近の女性がなにを喜ぶかわからなかったもので、試行錯誤をしました……お恥ずかしい」

「いえ、いいセンスだと思いますよ」

嘘偽《うそいつわ》りなく、朔は応えた。

一応、お世辞ではないことは伝わったらしい。関谷は、かすかに口元を緩めた。

洒落た瓶を、藤花《とうか》は指でなぞる。その肌に埃《ほこり》はつかなかった。こまめに掃除がなされているようだ。今はクラシカルな黒のドレス姿で、藤花もうなずく。

「確かに、僕も朔君からこういうのがもらえたら嬉《うれ》しいかな」

「えっ、そうなのか？」

　思わず、朔は驚きの声をあげた。藤花は本やゲームや、食べ物などのほうが喜ぶと思っていた。そのため、洒落た小物類はプレゼントした記憶がない。うーんと、彼は頭を掻《か》いた。

「アパート暮らしのとき、もっと色々買ってやればよかったな。ごめん」

「ううん。朔君がいて、ゲーム機もあって、お菓子も買えて、本も読めて……毎日、毎日楽しくて……幸せすぎるくらい、幸せだったよ」

　そう、藤花ははにかむ。昔を懐かしむように、彼女は目を細めた。だが、慌てて続ける。

「もちろん、今も朔君がいてくれるから、幸せだけれどね」

　だが、そこには疲労が滲《にじ》んでもいた。

　かつての生活に、朔も思いを馳せた。

　彼のアパートで、藤花はニート生活を満喫していた。ゲームに夢中になり、よく炬燵《こたつ》にもぐった。朔は学業とバイトをこなしながら、彼女の世話を焼き続けた。

　そこでは、真綿に包まれたような穏やかな時間が流れていた。

　日々は暖かく、また優しかった。

　今思えば、すべてが夢のようだ。

　美しい地獄も醜い地獄も、見ずにいられた。

自分のせいで、誰かが死ぬこともなかった。

ああ、だが、そのときにはもう。

(藤花《とうか》は『かみさま』を殺していたのか)

「……おふたりは異能者にしては俗世に慣れ親しんでいるようですね」
関谷《せきや》の言葉で、朔《さく》はようやく我に返った。慌てて、彼はうなずく。
切れ長の目を、関谷は細めた。近代的な要素もある室内を見つめ、彼は言う。
「ここに棲《す》んでいた、私の花嫁もそうでした……ご存じですか、『東の駒井《こまい》』
「ああ、『西の先ヶ崎《さきがさき》』と仲の悪い」
異能の家で、有名どころは六つある。
死者呼びの藤咲《ふじさき》。
十二の占女をそろえる永瀬《ながせ》。
神がかりの山査子《さんざし》。
預言の安蘇日戸《あそひと》。
そして、東の駒井と西の先ヶ崎だ。

能力名を冠する四家とは違い、駒井と先ヶ崎は代表的な力をもたなかった。

「近年『東の駒井』は異能者の生まれが悪く、現代思想の蔓延《まんえん》もあり、内部から崩壊しかけていました。それを防ぐために、『東の駒井』は『預言の安蘇日戸』への隷属を選んだのです。その証《あかし》として花嫁が私のもとへ送られました。つまりは、政略結婚ですね。私が欲しいと望んだだけで、そこに彼女の意志は存在しませんでした」

さみしげに、関谷は語る。

手を伸ばして、彼は兎《うさぎ》の置物を撫《な》でた。小さな頭を愛《め》でながら、関谷は優しい声をだす。

「それでも、私は心より彼女を愛していたのです。彼女も少しずつ私になついてくれて……優しい人で、よく皆に茶を振るまってくれました。下手の横好きで、味は苦かったのですけれどもね。そんなところもかわいかった。また眠るとまったく動かなくなる人で、私は彼女が死んでしまったのではないかと、よく心配しましたよ……」

懐かしそうに、関谷は思い出をつむぐ。けれども、ふっと、彼は腕をもどした。

だらりと両手をさげ、関谷は天井を見つめる。その目にはうすく涙が浮かんだ。

「そして、その危惧《きぐ》が本当になったかのごとく、彼女は残酷に殺されてしまったんです」

声もなく、関谷は肩を震わせた。まだ、彼の悲しみは癒えていないらしい。

その気持ちが、朔には痛いほどわかった。

恋しい人を失うのは、世界が壊れるのと同義だ。

それでもなお、関谷《せきや》は『神殺し』に挑もうとしている。異能者の多くは致命的破綻《はたん》を抱えているものだ。だが、世界のためを思って動く関谷については、もしかして違うのかもしれない。

そう、朔《さく》は考えた。

「それで、あなたの花嫁になにがあったんだい？」

横から、藤花《とうか》がたずねた。

関谷の悲しみを刺激しないためだろう。あえて口調からはいたわりが削ぎ落とされていた。すすり泣くように、関谷は鼻を鳴らした。目元を拭《ぬぐ》い、彼は落ち着きをとりもどす。

「いや、お恥ずかしい……そうですね、語っておいたほうがいいでしょう」

パンッと、関谷は扇子を開いた。そうして、頭部を隠す。白拍子のように、彼は謳《うた》った。

「花嫁は銃殺されました。頭の壊れた男によってね」

＊＊＊

それがなぜなのかは、誰も知らない。

一説によれば、安蘇日戸《あそひと》の先祖が国の抱えるまじない師であり、個人の依頼を受けることを赦されなかったからだと言われている。

ゆえに、安蘇日戸は大局は見通せるものの、人単位の預言はできなかった。人間の目には、空はいつでも映るけれども、どうあがこうが微生物は見えない。それと同じだ。

だから、なにか？

問われれば、答えはひとつだ。

そのせいで、安蘇日戸は一族内で起こる凶行を預言できなかった。

「使用人の男が猟銃を手に暴走、数名の女中が殺されました。中でも、私の花嫁の外傷はひどく、頭部の上半分を吹き飛ばされました。使用人の男は直後に自殺……私が見たのは惨劇後の現場だけ。後から、隠れていて生き残った花嫁つきの女中から、なにがあったかを聞きました」

その凶行は突然なされた。

使用人の男が女中部屋に現れ、猟銃を発射。

次々と女たちを撃ち、最後に花嫁の口に銃口をねじこんで、引き金を引いたという。直後、彼は自害した。その左目周りはごっそりと吹き飛び、弾丸の抜けた後頭部には穴が開いていた。

数日前、男は妻に逃げられていた。仲違いのすえに、彼女は安蘇日戸から姿を消したのだ。無理やり、山を降りたのだろうと思われる。また、下山途中で死んでいるだろうとも。安蘇日戸の山から道へ、女の足ででるのは困難だった。妻の別れと死が、男の凶行の理由だと思われた。また、その体からは、安蘇日戸《あそひと》が会合の際に使用する違法薬物も大量に検出された。

窃盗のすえに飲み続け、異様な精神状態で犯行に至ったものと推測がされた。

「最初、私は花嫁の死を信じられませんでした。なにせ、彼女の顔面は凄惨《せいさん》に破壊されていましたからね。けれども……普段は封鎖されているこの場へと、特別に招いた彼女の兄によって、身体的特徴の一致が確認されてしまいました。足裏の痣《あざ》が、間違いなく花嫁のものだそうです」

そう、関谷《せきや》は疲弊した声で語った。

なるほどと、朔《さく》はうなずいた。

(頭部の半分が失われ、容貌を確認できない死体については、まず入れ替わりが疑われる)

だが、遺族による確認も済んでいる以上、その可能性はないのだろう。

関谷にとっては気の毒な話だ。

もっとも、普通の事件では入れ替わりなど発生しない。

誰かと入れ替わって、花嫁が生きていた場合、『なぜ』という疑問も浮上する。それに、安蘇日戸は普段は閉鎖されているとのことだ。山からも降りられはしない。それでも今の今まで発見されていないからには、彼女は間違いなく死んでいるのだろう。

そう朔が考えるあいだにも、関谷は話を続けた。

「花嫁の遺体は駒井《こまい》で埋葬したいとの強い要望がありました。また、安蘇日戸で葬儀を行うのも、墓に入れるのも、男のみと決められています。ゆえに、遺体は当時は存命だった父上の判断で帰還を認められました。慣習どおりに、私たちは彼女を遺体袋にしまいました。花嫁づきの女中は泣いて泣いて、遺品をスーツケースに詰めては彼女のもとへと運んで、祭壇を飾りつけました。思い出の品々であふれた場所を見て、私は彼女との永遠の別れを悟りました」

「それは、さぞかし悲しかったでしょうね」

「……ですが、私はそれが嫌だったのです」

「う、ん？」

朔は眉根《まゆね》を寄せた。ざわざわと、嫌な勘に胸がざわめく。

雲行きが怪しくなってきた。

警戒する朔の前で、関谷はにいっと笑った。唇をやわらかく歪《ゆが》めて、彼はささやく。

「だから、夜のうちに袋を運びだして、花嫁を、私と彼女しか知らない花畑に埋めたのです」

誰にも奪われないように。

そう、関谷は自慢げに語った。

朔はまぶたを閉じる。嚙《か》みしめるように、彼は考えた。

死体を自分しか知らない場所に埋める。

まるで、子供が宝物を隠すかのように。


その行為の異常性自体は低いと言えた。なにせ花嫁はもう死んでいるのだ。

誰かを傷つけたわけでも、殺したわけでもない。それでもと、朔《さく》は思った。


（異常は、異常だ）

安蘇日戸《あそひと》もまた、
歪《ゆが》み壊れている。

話を聞いて、藤花《とうか》は数回まばたきをした。なにかを、少女たるものは考える。

やがて、藤花はゆっくりとたずねた。

「それで、君は花嫁の魂を呼びたいんだね」

「ええ……もう一度だけ、会いたいのです」

「……僕の異能は、藤咲《ふじさき》の中でも未熟でね。この世に怨《うら》みなどの強い負の感情をもたない魂は呼びだせない。とはいえ、花嫁は無惨に殺されたわけだから、出現はするかもしれないけれど」

後悔するかも、しれないよ。

そう藤花は低くささやいた。

「後悔などしませんよ」

迷いなく関谷《せきや》は応えた。

「これから、なにがあろうとも、ね」

＊＊＊

当初、花嫁は彼女の部屋で呼びだす予定だったという。そのために、関谷はふたりを故人の過ごした場所へと案内したのだ。だが、こぢんまりとした室内を見回して、彼はおもむろに襖《ふすま》を閉じた。朔たちに向き直って、関谷は言った。

「寒いですが、少し外に出てもよろしいでしょうか？」

そうして、朔《さく》たちは山中の獣道を歩くこととなった。

出がけに――花嫁つきの女中であり――凶行の生存者だという老婆が防寒着を準備してくれた。見れば分厚いダッフルコートだけでなく、耳当てやマフラーまでもがそろえられている。朔たちはありがたく受けとった。山歩きについて、老婆は盛んに心配もしてくれた。

「旦那さまの足は、ついていくのが難しいほど速いですから、お気をつけて」

「そんなことはありません。今日はちゃんとおふたりに合わせて歩きますよ」

親しげに、当主はそう話しかけた。老婆は目を細めた。彼女は駒井《こまい》の出身だが、花嫁の亡きあとも関谷《せきや》に仕え続けてくれているという。弾んだ声で、関谷は老婆に告げた。

「藤咲藤花《ふじさきとうか》殿のおかげで、また花嫁に会えるかもしれないんだ」

その言葉に、老婆は大きく目を見開いた。震えながら、彼女はなにかを言おうとした。だが、なにも声にすることなく、口を閉じた。やがて、老婆はひと言だけをつぶやいた。

「気をつけて、いってらっしゃいませ」

深々と頭をさげて、彼女は朔たちを見送った。

寒さの中を進んでいると、そんなどうでもいい光景が思いだされる。ざくりと、水っぽい雪を、朔は踏んだ。白い息を吐き、彼は首を横に振る。その隣で藤花が震えながら歯を鳴らした。

「ううっ……ううう っ」

「藤花、寒いか？」

「う、うう、大丈夫、だよ」

「嘘《うそ》つけ、唇青いぞ。もう、足も限界だよな。ほら、背中」

「ダメだよ。朔君に悪いよ」

「俺はいいから、ほら」

そうして、朔は藤花を背負った。やはり、限界だったらしい。心細かったのか、彼女はぎゅっと彼に腕を回した。重みに耐えながら、朔は歩きづらい道を必死に踏みしめる。

一方で、関谷は跳ねるようにひょいひょいと先を進んだ。相当、山を歩き慣れているらしい。

朔はついて行くのがやっとだ。振り向くと、関谷は愉快そうに言った。

「普段はもっと速いのですよ。これでも、おふたりがついてこれる速度に落としています」

「化け物かなにかですか？」

「化け物級の脚力、という自負はあります」

カンラカンラと、関谷は笑った。だが、そんな彼もついに足を止める。

どうやら、ここが目的地らしい。

到着を察したのか、藤花が背中から降りた。

木立のあいだから、朔も一歩外へでる。目の前には開けた空間が広がっていた。

思わず、朔は息を呑《の》んだ。

雪の中に、無数の紅い花が咲いていた。
絢爛《けんらん》の春を連想させる、美しい光景だ。

同時に、歪《いびつ》で不吉でもある。

ソレは肉厚の花弁をもち、
ソレは凍りついた花芯をもち、
ソレは蜂もいないのに花粉をたたえ、
ソレは濡《ぬ》れた空気のなかに芳醇《ほうじゅん》な香りを放ち、
ソレは重い雪に埋もれながらも咲き誇っていた。

ただの野草ではありえない。血や炎、あるいは臓物を連想させる。
そんな濃厚に紅い花畑を指して、関谷《せきや》はささやいた。
「これもまた、異能の賜物です。血筋のとだえたある一族から、流布させないことと、一定数を保存することを条件に受け継いだものでして……効能は、その一族がこだわったわりにほぼ漢方薬なのですがね。見た目が特別に美しいでしょう？」

「ええ……まあ、きれいではありますけど……」

「ゆえに、代々この場所は当主しか知らないのです。此の度は特別にご案内をしました」

「なぜですか？　どうして、俺たちに……」

「ここで、彼女と再会したかったからです」

関谷は腕をあげた。彼は花畑を見回せる位置にある、平らな岩を指さす。ちょうど、座るに適した形をしていた。そばには丸く小さな岩が、雪帽子をかぶってかわいらしく転がっている。

「以前、私はここに花嫁を連れてきました。そのころ、彼女はまだ頑《かたく》なで……私がきれいだろうと言っても、そっぽを向いて歩いて行ってしまいました。しかたなく、私はひとりであの岩に座りました。そうしたらやたら大きな音がして……振り向いたら、彼女が背中から後ろへ転んでいたのです。私に近寄ろうとして、足を滑らせたんでしょうね。その体で花が潰《つぶ》れてしまいましたが、私は怒らずに支え起こしました……そして、花嫁はありがとうとつぶやいてくれたのです」

「そんなことが」

「それから少しずつ、彼女は家に馴染んでくれるようになりました」

また、関谷は目に涙を浮かべる。愛しそうに、彼は紅い花弁を撫《な》ぜた。

朔《さく》はハッとした。

つまり、この花畑に、関谷は花嫁を埋めたのだろう。よく見れば目印か、紅い花畑の右端に木の板が立てられていた。雪と花を踏んで、関谷《せきや》はそちらに近づく。朔《さく》たちも後に続いた。

簡素な墓標は、生々しい紅に囲まれている。

人の死体のうえに咲く花々を示し、関谷は声をオペラのようにひびかせた。

「さあ、私を花嫁に会わせてください」

「……ねえ、やっぱりやめておいたほうがいいよ」

暗い声で、藤花《とうか》はささやいた。

どうしたのだろうと、朔は首をかしげる。

成功しても、呼びだした魂とは話などはできない。だが、断る理由も特にないはずだった。

それとも、一連の悲劇と歪《ゆが》んだ顛末には、朔の気づいていないなにかがあるのだろうか。

彼が考えるあいだにも、藤花は後ろにさがろうとした。

だが、関谷がそれを許さなかった。かっくんと首を横に傾けて、彼は軋《きし》んだ声をだす。

「断るのならば、あなたを殺しますが？」

朔はゾッとした。

藤花は世界を救うために重要な役割を果たす――他でもない――関谷が語ったことだ。その彼女を、彼は殺すと言い放った。花嫁と再会できるかもしれない。その欲に目がくらんでいる。

藤花を守る位置につきながら、朔は確信を強めた。

やはり、安蘇日戸《あそひと》関谷も壊れている。

数秒の沈黙後、藤花はつぶやいた。

「僕は止めたよ。それは忘れないで」

首を横に振り、藤花はマフラーと帽子を脱いだ。ダッフルコートとともに、それらを地面のうえに落とす。寒いだろうに、藤花は黒のドレス姿になった。鮮やかな紅い花を背景にすると、その姿は喪服を着ているようにも見える。彼女は朔のそでをひいた。藤花は彼の顔を覗《のぞ》きこむ。朔の目は、鏡のように彼女を映した。そうして異能の増幅を終えると、藤花は腕を広げた。

少女たるものは可憐《かれん》な声で呼ぶ。

「――――おいで」

そうして現れたやわらかな肉塊は、

蛇のように、関谷に襲いかかった。

＊＊＊

「…………えっ？」

関谷《せきや》の反応は遅れた。

白い肉塊に、彼は巻きつかれる。蛸《たこ》の触手を、朔《さく》は連想した。あるいは、巨大な寄生虫を。

それは、人を殺すために動く。喉元《のどもと》を、関谷は強く絞められかけた。瞬間、彼は動いた――脚力だけではなく、関谷は卓越した身体能力を誇るらしい――それが安蘇日戸《あそひと》の血によるものか、彼だけの特徴なのかは不明だった――どちらにしろ身の危険を察して、関谷は跳んだ。

肉塊から、彼は距離を開ける。だが、花の海を泳いで、白色は後を追った。ザザザザザザと、肉塊は紅い花弁を散らして奔《はし》る。さらに後ろにさがり、関谷は平らな岩の側で足を止めた。

そこに落ちた小ぶりな丸岩を、彼はつかみあげる。

「――――フッ！」

そして、追ってきた白い肉塊に振りおろした。

ぐちゃりと、肉の潰《つぶ》れる嫌な音がひびく。細長い肉塊はもがいた。だが、動けない。その下の花たちが無惨に潰されていき、泥が覗《のぞ》くばかりだ。

どうなるのかと、朔たちはソレの変化を見守った。

諦《あきら》めたのか、肉塊はじょじょに薄れると消滅した。

後には息を荒げた関谷だけが残る。今になって、彼は震えだした。迷いなく攻撃したように見えたが、本能的に動いていただけらしい。花嫁の魂を潰した丸岩を、彼は見つめた。

「ぐぇっ」

勢いよく、関谷は吐き戻した。吐しゃ物が、びしゃびしゃと花の間に沈む。

背中を丸めて、彼は何度も何度も苦しみの声をあげた。

「……おえっ、ごほっ」

「……関谷さん」

恐る恐る、朔は声をかけた。関谷は顔をあげる。その目は血走り、だらだらと涙を流していた。とほうにくれたような声で、彼は問いかける。

「今のは、なんだったのですか？　なぜ、花嫁が私を殺そうと？　いったい、なにが」

「……こうならないように望んで、僕は呼んだんだ。でも、やはりこうなってしまったんだね」

悲しげな声で、藤花《とうか》はささやいた。ざくりと、彼女は雪と花を踏む。

美しい紅色の下には、死体が埋まっている。

その事実を確かめるように、藤花は目を閉じた。

「殺されてから長期間経過した魂は、殺害犯がいなければ他の怨《うら》みの対象に向かうことがある」

「……えっ？」

関谷はまぬけな声をあげた。しばらくは、なんの変化もなかった。だが、朔は息を呑《の》んだ。

びしりっと、関谷《せきや》の表情に、歪《いびつ》な罅《ひび》が入ったのだ。

「おまえは、私が彼女に怨《うら》まれていたというのか？」


ゾッとするほど、低い声がひびいた。

いけないと、朔《さく》は思う。

関谷の怒りは、あまりに強い。彼は低く身をかがめた。狼のごとく、関谷は地を蹴《け》る。ザッと花弁が舞い飛んだ。紅色を散らしながら、彼は猛然と片腕を伸ばす。

その先には藤花《とうか》がいる。

とっさに、朔は彼女を突き飛ばした。同時に、彼は喉元《のどもと》に衝撃を受けた。

「ぐっ、あっ」

「言え！　なにか、他に理由があるはずだ！　それか、おまえのせいなのだろう？　おまえができそこないで不良品だから、別の魂を間違えて呼んだに違いない！」

関谷は朔の首を絞める。それでいて、藤花を罵《ののし》り続けた。発作的な怒りのせいで、合理的な行動がとれていないようだ。命が尽きるか否かの瀬戸際にもかかわらず、朔は怒りにかられた。藤花を不良品扱いすることは許さない。だが、激情を言葉にすることはできなかった。

感情を原動力に、爪《つめ》を立てても無駄だ。さらに、関谷は気道を狭めてくる。

「がっ、ごっ」

「言え！　言わなければおまえの恋人が死ぬぞ！　まあ、間違えを認めたところで殺すけれどな！　これは私たちの再会を台無しにした罰だ！」

「違う。呼んだのは本当に花嫁だ。そして、君に襲いかかった理由は実は他にあるよ」

しっかりと藤花は言いきった。

それに、関谷は気をとられたようだ。彼の指は緩む。必死にもがき、朔は地面へと落ちた。

何度も咳《せき》をして、涙を流しながら、痛む喉《のど》に酸素をとりこむ。同時に、彼は思った。

まだ、なにもわからない。だが、勘が告げている。

ここから先は、
きっと地獄だ。

言わないほうがいい。

語らないほうがいい。

教えないほうがいい。

喋《しゃべ》らないほうがいい。


それでも、藤花は語る。

朔《さく》を死なせないために。

残酷な真実を暴きだす。

血のように紅い花畑の中心で。

「君が、花嫁を殺したからだよ」

＊＊＊

「なにを、言ってるんだ？　私は、そんなこと……」

愕然《がくぜん》と、関谷《せきや》は訴えた。

立ちあがりながら、朔は眉根《まゆね》を寄せた。関谷の声に、嘘偽《うそいつわ》りはない。本気で、彼はただ困惑している。真剣なひびきを信じるのならば、関谷は花嫁を殺してなどいないのだろう。

だが、すぐに藤花《とうか》はその答えを告げた。

知ってはいけない。

聞いてはいけない。

耳にしたが、最後。

戻れない、真実を。

「君が知らないのも当然だよ。君は自覚なく、花嫁を生き埋めにしたんだから」

「……えっ？」

重い、沈黙が広がった。

凍った湖面を連想させる静けさが耳を刺す。

そのあいだを埋めるように、雪が降りはじめた。音もなく、紅のうえへと白が重なる。美しい光景だった。同時に、どこかそら恐ろしくもある。

二色を目に映しながら、藤花《とうか》はささやいた。

「君が、花嫁を知らずに生き埋めにしてしまった背景には、『花嫁の犯罪』が横たわっている。だが、まず、彼女が『なぜそんなことをしたのか』を語るまえに、思い出の光景についても紐《ひも》解いておこうか……さっき、君は『やたら大きい音がしたので振り向いたら、彼女が背中から後ろへ倒れていた』と語ったね。だが、辺りは花畑だ。倒れたところで、そんな大きな音がするのはおかしい」

「…………あっ」

あんぐりと、関谷《せきや》は口を開いた。だが、彼はなにかを続けようとする。

藤花はそれを許さなかった。止まることなく、彼女は話を進めていく。

「それに、なんで大人の女性が傾斜でもない花畑で後ろ向きにひっくり返るんだい？　ふつう、人はそんなにダイナミックには転ばないよ……ならば、後ろへと倒れた理由があるはずだ」

過去の光景を思い描くように朔《さく》は——関谷が座っていたという——平らな岩に視線を向けた。

そこで、不意に気がつく。

（関谷が肉塊への反撃にも使った丸い小岩は）

なぜ、あんな場所にひとつだけあったのか。

「花嫁は小岩をつかみ、頭上へ振りあげたんだ。だが、重さを誤り、バランスを崩して後ろへと倒れてしまった。君が聞いたのは小岩が落ち、転がる音だったんだよ……つまり、花嫁は『代々の当主しか知らない場所』と聞き、ここならば発覚が遅れるかもしれないと殺害に走ろうとするほどに、君のことを嫌っていたのさ」

「う、……あっ……」

瀕死の魚のように、関谷は口を動かした。だが、嘘《うそ》だとは言わない。おそらく、音については彼も違和感を覚えていたのだろう。だから、思い出について語るさいそこへと言及したのだ。

さらに、藤花は語りつむぐ。

「だが、花嫁は殺害することをやめた。君を殺してしまっては、駒井《こまい》には二度と戻れなくなるからね。そうして花嫁は懐柔されたフリをしてある計画を温め……実行に移したんだ」

そこには身勝手で自分本位で、切実な、願いと望みがあった。

（もしも、自分がいる場所を逃げられない地獄だと、花嫁が感じていたのならば）

「逃げだすために、死体になることにしたんだよ」

＊＊＊

「花嫁の趣味は『茶を淹《い》れて、みんなに振る舞うこと』だった。しかも、『下手くそな苦い茶』だ。そうして、茶をふるまうときに、ひとりを狙って、盗みだした違法薬物を飲ませ続けることは可能だった」

そして、彼女は『凶行を起こしてもおかしくない状態の男』を作りあげたのだ。

精神状態の悪化した男は、やがて夫婦喧嘩《げんか》を起こす。

そのタイミングで、花嫁は彼の妻を殺害した。さらに――女中部屋に男を呼びだして――まず、彼を撃ち殺した。そして、猟銃で次々と女中たちを撃った。最後に男の妻に自分の着物をまとわせたうえで、死体の顔面を破壊。

一時、自身は山に身を隠したのだ。

「あとは、『運良く生き残った』花嫁つきの女中が、彼女の無実と、悲劇を証言をしてくれる……これを裏づける証拠としては、猟銃自殺なのに男は左目周りを吹き飛ばす形で弾を撃っているという、不自然さがあげられるね。普通は、咥えて撃つよ」

「しかし、遺族の兄が死体の確認を！」

「そこもおかしい。頭部が吹き飛んでいるのに、確実に本人と断定できる身体的特徴があるなど稀《まれ》だよ。また、花嫁が駒井に帰ることに固執していた以上、迎えてくれる人がいたと考えられる……つまり、彼もグルだった可能性が高い」

どさりと関谷《せきや》はその場に座りこんだ。まるで糸の切れた人形だ。

だが、まだ話は終わってはいない。藤花《とうか》の、真実の暴露は続く。

「そうして、男の妻の無辜《むこ》の死骸《しがい》は遺体袋に入れられた。これで、花嫁は死んだことになった。めでたく駒井に帰れる。だが、山を自力で降りることはできない。彼女は兄の車に乗って帰る必要があった。だが……いくら普段は封鎖されている安蘇日戸《あそひと》とはいえ、殺害事件の発生にともない、駐車場周りは出入りが激しかったのでは？」

藤花は問う。力なく、関谷はうなずいた。ならばと、朔《さく》は思う。

安蘇日戸への到着から出発までのあいだに、車内に潜むことは困難だったわけだ。

「それならば、一番安全な方法は、死体と入れ替わって駒井に帰ることになる。なにせ、協力者には遺族の兄がいるからね。彼がしばらく妹とふたりきりになりたいとでも言えば、死体周りだけは人払いができたことだろう」

そうして花嫁は山からもどってくると遺体袋を開き、死体と入れ替わった。

用なしの死体は、女中が山に捨てたのだろう。祭壇に飾る遺品をスーツケースに入れて運びこんだあと、手足を折って詰めて持ちだしたのだ。この発想に行き着くまでには、人間大のスーツケースを準備して、花嫁を逃す方法も当初は検討されたものと思われる。だが、それほどまでに巨大なスーツケースを駐車場へ運び、見咎《とが》められずに車に詰めいれるのは困難だった。なにせ、安蘇日戸《あそひと》は普段封鎖されているうえに、違法薬物の盗難もあったあとだ。

開けと言われれば、また誰かが代わりに運ぼうとして重みに気づかれれば終わりだった。

「それから、死後の声や袋の動きで気づかれるのを防ぐため、花嫁は大量の睡眠薬を飲み、眠りについたんだ。元々――そうしなくとも――彼女は寝入るとまったく動かなくなる人だったことは、君も証言していたね」

そして、

別れを恐れた関谷《せきや》は、遺体袋を盗みだした。

死体の顔面は、凄惨《せいさん》に砕けている。外見をわからなくして入れ替わるためだが、同時に生前の面影を損なわないよう、無惨な姿を再確認する人間がでないようにと、念入りに壊したのだ。

それが、仇になった。

関谷は一度も袋を開くことなく、花嫁を埋めた。

生きた花嫁を。

かくして、彼は彼女を殺したのだ。

＊＊＊

「う……」

関谷は口元を覆った。ぐるぐると、彼は眼球を激しく蠢《うごめ》かせる。しかし、不意に、その動きをぴたりと止めた。同時に、関谷は喉《のど》から太い悲鳴をあふれださせた。

「うわあああああああああああああああああああああっ！」

爆発的な勢いで、関谷は地を蹴《け》った。

どっと紅い花弁が舞い散る。

今度は、朔《さく》の反応は遅れた。

関谷《せきや》は藤花《とうか》の肩をつかんだ。人形を壊そうとするかのように、彼は何度も彼女を揺する。

苦しそうな顔をしながらも、藤花は暴行を受け入れた。

粘つく涙と鼻水を流しながら、関谷は訴える。

「どうして！　どうじで、俺に教えたぁっ！」

「っ……君が朔君を殺そうとしたから……言うしか止められなかったからだよ」

「ちくしょう、ぢぐじょうおおおっ！　知りたくなかった！　あああああ、ああああああああああああああ、知りたくなかったよぉおお！　俺はぁああああああああああああ！」

「僕だって、教えたくなかった！」

「死ね！　しね、しね、しね、しねえええええ、おまえなんか！」

関谷の腕が藤花の喉《のど》に伸びた。彼ならば彼女の首を折れるだろう。止めなければならない。

その背中に、朔は死ぬ覚悟で組みつこうとした。だが、ハッと足を止める。

別に、動く人影があったのだ。それは関谷に近づいていく。

「世界なぞ滅びてしまえええええええええええええええええええええええええええええ、ぎっ！」

叫ぶ背中に、その人はぶつかった。

老婆が——生き残った、花嫁つきの女中が。

彼女は関谷に、包丁を深々と刺しこむ。一度抉《えぐ》ってから、刃はひき抜かれた。滑稽《こっけい》なほどの勢いで、血が空中へと噴きだす。口からもぼたぼたと紅色を吐きながら、関谷は振り向いた。

「き……さ、ま」

「アンタが駒井《こまい》の姫様を埋めた場所をずっと探していたんだよ。いつもは追いつけないが、今日はお客人たちのおかげでやっと見つけられた。なら、アンタはもう用なしだ。死ね、死んでしまえ。私の姫様を殺した男め」

関谷はなにかを言おうとする。だが、口の中で血がごぼごぼと鳴るばかりだ。

怒鳴ろうとして、
叫ぼうとして、
大量の紅を吐いて、
最期の最期に、彼が落としたのはただすがるような一言だった。

「私は……本当に」

愛していたんだ。

どさりと、関谷《せきや》は倒れる。

紅い花弁が舞いあがった。


もう、彼は動かない。

朔《さく》は藤花《とうか》に駆け寄った。無言のままに、彼は彼女を抱きしめる。それから、朔は老婆を見つめた。彼女も、彼に視線を返す。その灰色の目の中に、敵意はない。

しばらく、沈黙が続いた。

だが、不意に、彼女は孫に問うような調子でたずねた。

「……当主殺しがバレるまでに、姫様の兄上に連絡をするよ。今は世界の危機だ。出入りは昔より緩くなっている。そして彼は死体を掘りだしたら、アンタたちを好きなところまで乗せてくださると思う」

「いいん、ですか？」

「ああ、姫様を見つけられた礼だよ」

老婆は応える。

同時に、朔は悟った。老婆は自分も車に乗って逃げるとは言わなかった。また、花嫁の兄も目的地を明確に定めて、逃走をするつもりはないらしい。ふたりともが、『安蘇日戸《あそひと》の当主を殺した』という結果を恐れない覚悟を固めていた。そのうえで、老婆は親切心から聞くのだ。

「行きたいところはあるかい？」

「……俺は、その」

「……朔君といっしょに暮らしたアパートへ帰りたい、です」

ぼそりと藤花はつぶやいた。

その手を、朔は握る。しっかりと、彼もうなずいた。考えてみれば、帰りたい場所などたったひとつしかなかった。それに、アパートは正式解約するひまもなく、そのままになっていた。次の家賃の振りこみの前に、鍵を大家へ送る予定だった。だが、結局はそれもできていない。

長い長い、地獄をめぐった果てに。

帰ろうと思えば帰ることができる。

朔たちの返事を聞き、老婆はうなずいた。温かい声で、彼女はささやく。

「そうかい。好きなところへ行くといい」

もうすぐ世界は終わるから、
好きなところで死ぬといい。

そうして、老婆は花畑に立てられた板へと近づいた。山を登る時点で、老体は限界を超えていたのだろう。足をひきずり、痛みに呻《うめ》きながら、彼女は進んだ。板の前に立つと、老婆はゆっくりと震える手をあわせた。顔をくしゃくしゃにして、彼女は涙を流す。老婆はつぶやいた。

「……おいたわしや、姫様。おいたわしや」

くりかえしつぶやくさまを見て、朔《さく》は思った。

老婆もまた花嫁を深く深く、愛していたのだ。

だが、その愛と関谷《せきや》の愛に。

(なんの違いがあるのだろう)

朔の覚えた疑問に、答えなどない。

ただ、紅い花たちが静かに揺れた。

間話

「おいしいね、朔君《さく》」

「ああ、本当にな」

公園のベンチに、朔と藤花《とうか》は未《いま》だ並んでいた。ふたりは残りの桜餅《さくらもち》を食べている。ひとつを両手でつかみ、藤花は少しずつ口に運んだ。そのさまは小動物のようで愛らしい。目を細めて、朔は彼女の様子を眺めた。

まるで一瞬でも、視線を離すのが惜しいというかのごとく。

ぱくりと桜餅を噛《か》んで、藤花は動きを止めた。じっと、彼女は朔のほうを見つめる。そのまま、もぐもぐ、こくんと、彼女はひと口を飲みこんだ。咳《せき》をして、藤花はぴしりと背筋を正す。

「あ、あのー、朔君……ちょっと、よろしい、でしょうかー」

「ん？　どうした？」

「僕のことを、見つめすぎじゃないでしょうかー」

「藤花がかわいいからな」

「言うと思った！」

小さく、藤花は跳びあがった。それから、彼女はぶんぶんと首を横に振った。

慌てた調子で、藤花はつけ加える。

「いや、僕がかわいいとかうぬぼれてるわけじゃないよ！　単に、朔君が言いそうな気がしたっていう意味でだよ？」

「おまえはかわいいから、うぬぼれてもいいぞ」

「すぐそういうことを続ける！」

「だって、本当にかわいい」

「…………っうう」

「すごくかわいい」

桜餅を手に持ったまま、藤花は背中を丸めた。彼女は黒色のアルマジロと化す。

それをつつきながら、朔は優しい視線を注ぎ続けた。

沈黙が広がる。

桜がはらはらと舞う。

やがて、藤花はぽつりとつぶやいた。

「…………かわいくないよ」

「めちゃくちゃにかわいい」

「もぉおおおおおおっ」

真っ赤になって、藤花《とうか》は身悶えした。桜餅《さくらもち》を持っていなければ、顔を覆っていることだろう。どうすればいいものかと、彼女は左右を見回した。だが、バカップルのやりとりに助けなど入らない。やがて藤花はキッと覚悟を決めた顔をした。お返しのように、彼女は声を張りあげる。

「朔《さく》君だって、とってもかっこいいよ！」

「ありがとう」

「照れない!?」

「藤花がそう言ってくれて、すごく嬉《うれ》しい」

「僕の彼氏の彼氏力が高すぎて勝てない！」

叫んで、藤花はぱたりと顔を伏せた。そのまま、動かなくなる。

ひらひらと、朔は彼女の前で手を振った。うん？　と彼は首をかしげる。

「藤花？」

「…………」

「藤花さん？」

「オーバーヒートです」

「喋《しゃべ》れてるから、まだいける」

「もう駄目だってば！　もぉおおおおお！」

ふたたび叫ぶと、藤花は桜餅を猛然と食べ進めはじめた。どうやら、彼女なりの照れ隠しらしい。やがて、藤花は自分のぶんを食べ終えた。ごちそうさまでしたと、彼女はちゃんと手をあわせる。礼儀正しいなぁと、朔はほやほやと藤花を見守った。そこで、あることに気がつく。

「藤花」

「うん？」

ぐいっと朔は細くて薄い肩を抱き寄せた。

ふたたび、藤花は間の抜けた声をあげる。

「うっ？」

「ほっぺについてる」

ぺろりと、朔は餡《あん》を舐《な》めとった。それから、ハンカチで濡《ぬ》れた肌を拭《ふ》く。

最初からそれでとってよ！　とは、藤花は言わなかった。彼女は完全に動きを止めている。

その頭から、ふしゅーっと湯気があがった……気がした。

もう一度、小鳥のついばむようなキスを贈って、朔は顔を離した。

「甘いな」

「……さ」

ようやく聞こえたひと言に、朔は首をかしげた。

藤花《とうか》の第一声は予測ができている。それでも、彼は楽しげに言葉を待った。

「さ?」

「朔《さく》君のバカああああああああああああ!」

「嫌い?」

「好きいいいいいいいいいいいいいいい!」

「光栄だ」

笑って、朔は応える。

藤花は、ますます赤くなった。ぽかぽかと、彼女は朔を叩《たた》く。

「もうもう、朔君のバカ、バカ」

「ははははは、痛い、痛い」

「えっ、痛い?」

「嘘《うそ》、痛くない」

藤花の頭を、朔は撫《な》でた。さっきまでの怒りも忘れて、うにゃうにゃと彼女は目を細める。

その顎《あご》を朔はくすぐった。ますます気持ちよさそうに、藤花はむにゃむにゃと目を閉じる。

しばらく、ふたりはそれを続けた。だが、藤花が口を開く。

「あっ、もういいです」

「満足した猫か、なにかかな？」

「これ以上、朔君にくすぐられたら、ふにゃふにゃになってしまうので」

「なってもいいのに」

「もう！」

「ははっ」

　ふっと、藤花は横を向く。

　その頬《ほお》に触れようと、朔は前に手をだした。瞬間、てのひらにひらりと白い花弁が落ちる。

ぎゅっと朔はそれを握った。彼は強く唇を噛《か》む。だが、すぐに照れる藤花の観察へともどった。

　やはり一瞬を惜しむかのように。

　藤花は、それには気がつかない。


　ただ、顔を真っ赤にして、涙目で、彼女は言う。


「うう、好き」

「俺も大好き」

桜が降る中で、
幸福は続いた。
まるで、永遠のごとく。

第二の事件　失われた猫

朔《さく》と、藤花《とうか》の懐かしいアパート。


そこでは、かつて温かな時間が流れていた。

だが、思い出は美しいものばかりではない。


その場所では以前、藤咲徒花《ふじさきあだか》が殺された。


だが、帰ってみると、死者の痕跡《こんせき》はぬぐいさられていた。あの日、鮮やかに目を焼いた、血の紅色はどこにもない。首を裂かれた無惨な亡骸も、幻のごとく消されていた。

そうだろうなと、朔は思う。

藤咲の女たちを殺害していたのは、今は亡き当主たちだ。彼らはひとり残らず、『かみさま』に粛清された。そして後継となった分家の少女は未発覚の殺人事件はもみ消すと決めたらしい。

朔の予想どおりだった。

どんな理由をつけたものか、この部屋も死体を搬出後、大規模な改装がなされている。もしかして、朔の契約が解除されている可能性もあったが、そこは大丈夫なようだった。新しい住人は入っていない。それどころか、家具も極力元どおりにされていた。

おそらく、朔たちが放浪の旅に疲れ、帰ってくることを期待したのだろう。そのとき用の罠《わな》として残したのだ。ならば、もどるのは危険といえた。だが、朔は『もう大丈夫』と判断した。


分家も、今やそれどころではない。

殺意の伝播《でんぱ》が一気に進んだためだ。


現在、日本各地では暴動と殺戮《さつりく》が頻発していた。

それを抑えるために、まずは警察が全力を尽くした。だが、その内部からも加害者が発生。組織は瓦解した。政府は自衛隊すら動かして、事態の鎮圧を試みた。だが、警察と同様の結果に終わった。それもしかたがない。今日はまともだった人間が、明日には隣人の内臓を抉《えぐ》り、首を切断し、舌をひき抜くという状況だ。


しかも、同様の事態は国外でも発生していた。

殺意の呪いは、海を渡って『伝染した』のだ。

これらを収める方法はわからない。

安蘇日戸関谷《あそひとせきや》は、『藤咲《ふじさき》の女たち』と『藤咲藤花《とうか》』に可能性を見いだしていたようだ。だが、最早《もはや》、その真意を聞くことはできなかった。彼の死と同時に、世界を救う術《すべ》は失われた。

だが、妹の骨を回収し、朔《さく》たちを送り届けてくれた駒井《こまい》の男性はそんなことは知るものかと吐き捨てた。彼は朔たちに自分のスマフォやありったけの金銭を渡して、もう満足だと語った。


あとは愛《いと》しい妹の骨を抱いてすごすと。

『君たちも、よき終末を送れますように』


その言葉を思いだしながら、朔は冷蔵庫を開いた。

明るい光が漏れだす。中には、まだ食糧が豊富にあった。到着時、まだこの周辺に殺意の呪いはきていなかったのだ。これ幸いと、朔はありったけの食糧品と生活必需品を買いこんだ。

そして、外界を遮断した。

けれども、今の今まで、完全な平穏を甘受してこれたのかといえば、そうでもない。

下の階で、おぞましい悲鳴と、スイカを壁に叩《たた》きつけるような音がひびき続けた日があった。ワゴン車が蛇行しながら壁につっこみ、燃えるさまも窓から見た。だが、朔たち自身はこうして無事にすごしている。そうして、生きているかぎりは食べなくてはならなかった。

「さて、と」

材料を、朔は冷蔵庫から取りだした。

卵を茹でて、きれいに剝《む》く。はんぺんにはお湯をかけ、余分な油抜きをした。最初についている油は酸化しているので、こうすることで旨味が増すのだ。それに、藤花に余計なものはとらせられない。そうして、朔は鍋に和風の出汁をはり、こんにゃくなどといっしょに並べた。

しばらく煮こんで、寝かせれば完成だ。

「藤花ー、できた、ぞ……」

リビングにもどると、藤花はテレビをつけていた。画面のなかでは、アナウンサーを撲殺した男が明るく歌い続けている。はっぴーばーすでーとぅゆー、はっぴばーすでーとぅーみぃー。

無言で、朔はリモコンを手にとった。プツンと、彼は電源を切る。

ぶちまけられた、脳漿《のうしょう》の紅色は見えなくなった。

藤花が顔をあげる。彼女の瞳《ひとみ》に浮かぶ色は暗かった。

その頭をぽんぽんと撫《な》でて、朔はおでんの土鍋を炬燵《こたつ》のうえに置いた。取り皿に、藤花のぶんを盛る。手渡すと、彼女はのろのろと箸《はし》をつかんだ。食欲がないのではと心配したが、藤花は食べた。卵を半分に割り、彼女は齧《かじ》る。

「おいしいね、朔君」

「ああ、本当にな。大根が上手く煮えた」

「卵もよく染みてるよ」

「藤花《とうか》、手羽元やるよ」

「わあ、ありがとうね」

お腹いっぱい、ふたりは食べた。朔《さく》は藤花に黒豆茶を淹《い》れてやる。藤花は炬燵《こたつ》の中へともぐった。まだ、電気や水、ガスなどのライフラインは動いている。固く目を閉じて、朔は考えた。

これらが止まるのが先か。

朔たちが呪われるのが先か。

あるいは誰かに殺されるのが先か。

それはわからない。だが、自分が殺されても藤花だけは守ろう。そう朔は決意していた。もしも殺意が『伝染した』ときは、まず、自分の命を断つまでだ。そうとも決めていた。猫柄のカップを手にもどると、朔は炬燵をめくった。中でうとうとしている藤花に、彼は声をかける。

「藤花、黒豆茶。あと、食べたんだから、歯を磨けよ」

「わかってるよ。まったく、朔君は僕の保護者だなぁ」

「違う、彼氏だ」

「もーっ！」

藤花《とうか》は照れる。

朔《さく》は吹きだす。


無理やりのように、二人は日常を送る。

そんな歪《いびつ》で穏やかな日々のことだった。


ある日、いつもどおり、藤花は炬燵《こたつ》の中にもぐっていた。だが、突然、飛び出てきた。どうしたのかと、朔は目を見開く。顔をこわばらせながら、藤花はスマフォを掲げた。

「嘘《うそ》、これ………いったい、どうしよう」

「どうしたんだ、藤花？」

「あのね、朔君」


霊能探偵へ、依頼がきてる。

＊＊＊

フリーメールを久しぶりに確認してみたところ、メールが送られてきたのだという。

書かれていたのは、他愛ない望みだった。

あまりにも、小さな願いごとでもあった。


猫を、探して欲しい。

自分が、死ぬまえに。


藤花の話を聞いて、朔は顔をしかめた。真剣な調子で、彼は苦言を呈する。

「霊能探偵にする依頼じゃないだろ？」

「なんかね、飼い主さんは若い女の子なんだけど……周辺の探偵事務所に、片っ端からメールをしたらしいよ。反応があったのが僕だけだったんだって」

そう、藤花は語った。やりとりをスマフォに切り替え、彼女は依頼人とメッセージを送りあっている。ふたたび、ぺこぽんっと彼女のスマフォが鳴った。弱々しいものの、まだ電波は生きている。その様子を見ながら、朔は考えた。

もう、他の探偵は動かない。その事実に、それはそうだろうなと、朔は思った。

この世の終わりにまで働く、探偵なんていない。

いるとすれば、それは自身の定義を『探偵』と固定したナニカだろう。推理小説の中にだけ存在する、名探偵だ。だが、藤花《とうか》はそうではない。今さら、働く義理も理由もないはずだった。

だから腕を組んで、朔《さく》は言い聞かせる。

「……俺たちにも、そんなことをひき受けている余裕はないだろう」

「うん、そう思う……でも、ね」

見て、と藤花はスマフォをさしだした。

思わず、朔は目を細める。

画面の中では、首輪をした猫が懐っこくこっちを見あげていた。甘えるように飼い主の足に添えられた前脚が愛らしい。毛並みのよさや仕草から愛情をかけられている事実が読みとれた。

送信された写真の下には、飼い主の訴えが続いている。

『本当に大切な子なんです』

『何日も、何日も探し歩いたんです』

『でも、ダメでした。見つかりません』

『こんなときだからこそ、いっしょにいたいんです』

『きっと、さみしい思いをしてる』

『この子と離れたまま死にたくない』

『どうか助けてください』
『お願いです』
藤花は画面をスクロールしていく。
叫びのような言葉を残して、メッセージは終わった。

『ひとりは嫌だ』

思わず、朔は目を閉じた。黒い猫に、藤花の姿がダブる。常々、朔も思っていた。
ひとりは嫌だ。
相手が人でも、猫でも同じだろう。
世界の終わりが来たのなら、唯一の大切な存在のそばにいたいに決まっている。
君とともに、眠りたい。
そんな望みも叶わない。
「……このままじゃ、かわいそうだよ」

朔《さく》の想いを代弁するように、藤花《とうか》はつぶやいた。

止めようと、朔は口を開いた。

今はそれどころじゃない。

外は危険だ。

他人のことなんてどうでもいいだろう。

俺たちがいっしょにいられることのほうが大切だ。

だが、なにひとつとして言葉にならなかった。朔にはわかっていた。きっと、このままでは、藤花は見捨てた飼い主の孤独を忘れられないだろう。それを胸に抱えたまま、死ぬことになる。

そんな結末は朔には嫌だった。

ならば、答えはひとつだけだ。

「一日だ」

「……朔君」

「一日、いっしょに探し歩いて、見つからなければ諦《あきら》めよう」

それが、朔にとっての妥協できるラインだった。正直、飼い主の歩き回った時間を考えれば、見つけられる望みは薄い。だが、本当に見つかるかどうかなど、朔には関係のないことだった。

ようは、藤花の心残りにならなければいいのだ。

ぱあっと、彼女は久しぶりに表情を明るくした。大きくうなずくと、藤花はこぶしを固める。

「うん、僕、頑張って探すよ！」

「ああ……やれるだけのことはやろうな」

「ありがとう、朔君」

「馬鹿、礼なんていらない」

「それじゃあさっそく、飼い主さんに連絡をとるね！」

「ああ、そうするといい」

くしゃくしゃと、朔は藤花の頭を撫《な》でた。

高速フリック入力で、藤花はメッセージを書き終える。ぺこぽんっと、彼女はスマフォを鳴らした。すぐさま、ぺこぽんっが続く。飼い主から返信がきたようだ。

藤花がその画面を示す。

何度も何度も、相手はありがとうとくりかえしていた。メッセージはあるひと言で終わる。

これで、救われます。

そうして、朔たちは猫探しに出かけることとなった。

＊＊＊

「本当にありがとうございます……助けてくれる探偵さんがいるなんて思いませんでした」

迷い猫の飼い主は、若い女性だった。

遠藤まつりというらしい。

朔《さく》のアパートの前の道路にて、彼女は涙すら浮かべながら藤花《とうか》の手を握った。

ショートカットのよく似合う、均整のとれた体つきをした人だ。目は大きく、人形のような整った造作をしている。だが、その肌には疲労の色が濃かった。それでも、丸首のセーターとジーンズは、このご時世においても、ちゃんと洗われた清潔なものを着ている。怪我《けが》のたぐいもなさそうだ。猫探しに時間をかけるだけの生活の余裕はあるらしい。

アパートでのジャージ姿から一転して、藤花のほうは黒いドレスを着ていた。気合いをいれるためだという。フリルとレースに飾られた姿で、彼女は口を開いた。

「『霊能探偵』っていう記載を見たからには知っているだろうけれども、僕は正式な探偵じゃないんだ……だから、役に立てるかは正直わからないけれども」

「かまいません！　充分心強いです！」

ぶんぶんと、まつりは藤花の手を上下に振る。心から、彼女は喜んでいるようだ。

ほほ笑ましい光景といえた。だが、放っておけば、この状況は終わらなさそうだ。

まつりに、朔は声をかける。

「そろそろ、いいかな？」

「あっ、はい。なんですか？」

「猫について聞きたいのだけれども」

「はい！　お願いします」

「じゃあ、まず……猫は、室内飼いだった？」

いくつか、朔は問いを重ねた。よどみなく、まつりは応えていく。

結果、以下のことがわかった。

猫は室内飼いだった。だが、近場で大きな音がしたのに驚いて脱走したこと。

名前はまろすけ。オス。拾った猫なので正式な年齢はわからないが、多分四歳。

家の近くに使用済みの猫砂を撒《ま》いてみたが、効果なし。

餌は一度だけ食べた形跡があった。

「なるほど……室内飼いだったなら、家の近くにいる可能性が高いよね」

「ああ、そうだな」

藤花の言葉に、朔はうなずいた。

外に慣れていないのならば、あまり遠くへは行かないはずだ。餌を一度食べたのならば、近くに潜んでいる可能性はより高いといえるだろう。

「……猫目線になって、低い位置を探してみよう。案内してもらえるかな？」

「はい、もちろんです！」

先に立って、まつりは歩きだした。朔《さく》たちはあとに続く。しばらく進むと、アパートの窓からは見えない範囲の光景が目に入った。朔が、続いて藤花《とうか》が思わず足を止める。

ふたりは愕然《がくぜん》とした。

「おいおいおい」

「……こんなふうに、なってたんだね」

外はひどい惨状と化していた。

ガラスを割られている家が多数ある。玄関が完全に壊されている建物もあった。中からは、ペンキをぶちまけたような赤黒い痕《あと》や、腐敗した腕、ぶちまけられた内臓の山が覗《のぞ》いている。

息を呑《の》みながらも、ふたりは歩みを再開した。

かつて、正月にも買い物にきた思い出のスーパーは、品物を略奪されていた。空の缶がひとつだけ、さみしく入り口付近に転がっている。さらに進むと、今まさに燃えている家もあった。パチパチと音が鳴り、煙があがっている。すでに、人はいないらしい。

それを確かめたあと、藤花はつぶやいた。

「……なんてことだろう」

「……すごい状態、だな」

「そうですか？　世界の終わりなんて、こんなもんですよ」

意外にも、まつりは軽い口調で応えた。頭の後ろで、彼女は手を組む。

ぴたりと、藤花は口を閉ざした。かと思えば、不意に深いため息をついた。まつりのほうを向いて、藤花は大きく肩を落とす。嘆くような調子で、彼女は訴えはじめた。

「ああ、僕は探偵じゃなく、霊能探偵だからね。こんなときにでも、能力を活かせたらいいのだけれども……ねぇ、まつりさん。なにか、今回の依頼で僕の力を使える道はないかな？」

「えっ、急に言われても」

「ほら、ほら。早くしてくれないとやる気がなくなりそうだよ」

「……あっ、あの！　まろすけは亡くなった母もかわいがっていたので……母の魂を呼びだせば、なにかを聞けるかもしれません」

「……そうか。せっかく提案してもらったのに残念だけど、僕は不良品だからね……怨《うら》みを残した魂しか呼べない。それに、魂は肉塊状に変質して現れる。話ができる状態ではないんだよ」

「……そうなんですか」

「……うん、そう」

疲れたように、藤花はほほ笑んだ。まつりは返す言葉に迷っている。藤花に近寄ると、朔はその頭をぐしゃぐしゃと撫《な》でた。さらに、乱れたヘッドドレスを直してやる。

藤花はまばたきをした。それから、嬉《うれ》しそうに目を細める。

ふたりのやりとりを、まつりはしばらく眺めた。自分が慰める必要はないと判断したらしい。

気分を切り替えるように、まつりは歩きだした。

「さあ、急ぎましょう……この先に、きゃあっ！」

そこで、彼女は悲鳴をあげた。

大きな瓦礫《がれき》が飛んできたのだ。

彼女のすぐ近くに、割れたコンクリートブロックがガラゴロと転がる。

誰かが、投げたのだ。

嫌な予感を覚えながら、朔《さく》は顔をあげる。

見れば、うす汚れた男が立っていた。歪《いびつ》に曲がった左腕は、投擲《とうてき》後の形で固まっている。その右腕へと視線を移し、朔はゾッとした。まるで悪い冗談のように、男は血濡《ぬ》れた釘抜きを持っていたのだ。蟹のように泡を吹きながら、男はぶつぶつとつぶやく。

「殺す…殺すころすコロスころっこっこっこっこっこっこっこっこっこっこここここここここここここここここここここココココココココココココココココ！」

一瞬で朔は悟った。

殺意の『伝染した』人間だ。

攫《さら》うように、朔は藤花《とうか》の手をとった、踵《きびす》を返しながら、彼はまつりに声をかける。

「逃げるぞ！」

「でも、家はあっちで……」

「そんなこと言ってる場合かっ！」

朔はまつりの手も引いた。嫌がる彼女を連れて、走りだす。

その時だ。獲物の逃走に気づいたのか、男は駆けはじめた。明らかに、朔達を狙っている。

「わあっ！」

「ちくしょうっ！」

転がるように、三人は走った。だが、男のほうが足が速い。背後から、ひゅうっ、びゅうっと、振られた釘抜きが空気を切り裂く音が聞こえた。無茶苦茶に、男は武器を振り回している。

最悪の想像が、朔の脳裏をよぎった。

このままでは殴られ、
裂かれ、
殺される。

だが、その時だ。彼の目にあるものが映った。そこもまた危険だ。だが、背に腹は代えられない。このままただ進んでも、確実に追いつかれてしまう。疲労したところで、何かを投げられても危険だ。道路をまっすぐに逃げるのを諦《あきら》め、朔は方向転換をした。

「こっちだ！」

「ええっ」

まつりが、驚きの声をあげる。

藤花《とうか》は朔《さく》を信じてついてくる。

燃える家の中へと、三人は飛びこんだ。

＊＊＊

熱が肌を炙《あぶ》る。

煙が喉《のど》を焼く。

「げっほごっほ」

「なるべく、息をするな……口を塞《ふさ》いで」

「ぐっ……ふぐっ」

それでも朔たちは中へ進んだ。

後を追って、男が入ってくる。

みしっみしっと、背後で廊下が軋《きし》む音がした。

口元を押さえて、朔たちは廊下を曲がった。壁や天井を、炎が舐《な》めているのが恐ろしい。途中で廊下を曲がり、入った部屋もまた、全体が炎で包まれていた。ここに、長くいることはできない。隠れるのも無理だ。だが、朔はちょうどいいものを見つけた。

藤花の手を離して、彼はそれに飛びついた。てのひらがジュウッと焼ける。

だが、かまわなかった。全身の力をかけて、朔はソレをゆっくりと動かす。

「朔君！」

「食らえ！」

燃える棚を、彼は男のほうへ倒した。

中で燃えていた本が、炎の塊となって、男のほうへと降り注ぐ。

もしも、男が正気であれば、避けられたかもしれない。だが、朔の予想通りに、殺意に囚《とら》われた人間は判断力が低下しているようだ。まともに、男は頭から炎を浴びる。

「あっ？　あああああああああああああああああああああああああああああああああああっ！」

男の服は燃えだした。物凄《すご》い悲鳴があがる。

奇怪なダンスを踊るように、男は身もだえた。朔は悟る。もう、彼は助からない。

「こっちだ！」

その事実を噛《か》みしめながら、朔は藤花とまつりを連れて、割れているガラス窓から飛びだした。必死になって、庭から遠ざかる。遅れて、炎が爆発的な音を立てた。樹木も燃えはじめる。

這《は》うようにして、朔たちは家から離れた。ぼたぼたと汗を流しながら、朔は歩く。

近くの路地裏に、彼らは滑りこんだ。

やがて、建物の燃え崩れる大きな音がひびいた。

追ってくるものはいない。

やはり、男は死んだのだ。


朔《さく》が殺した。


正当防衛とは言えるだろう。だが、朔は眩暈《めまい》を覚えた。壁に、彼は背中をあずける。瞬間、喉《のど》と肺に痛みを覚え、朔は激しく咳《せき》こんだ。煤《すす》の混ざった痰《たん》を吐きだす。両手の火傷も痛んだ。それを無視して、朔はなんとか声をだす。

「ふ、ふたりとも無事、か?」

「大丈夫……ありがとう、朔君のおかげだよ」

「えっと、あのっ、ありがとうございました」

ふたりとも声が多少変だ。喉が焼けているらしい。だが、その程度で済んだことに、朔は安《あん》堵《ど》した。気が抜けて、彼は倒れかける。藤花《とうか》がその体を支えた。朔の火ぶくれしたてのひらに、藤花は悲しそうな視線を注ぐ。そっと、彼女はそこにハンカチを巻いた。まつりは頭をさげる。

男の壊れきった顔を、朔は思いだした。

飢えた、魚のような口をしていた。

肉を見る獣のような目をしていた。

人を殺す人の表情をしていた。

（へたをすれば、死んでいたのは俺たちだった）

その事実に、朔は身震いをした。もう一度咳をして、彼は声を絞りだす。

「……このまま、猫探しをするのは危険だ」

「そう、だね。朔君も怪我《けが》をしている」

「ああ、いったん家に帰ろう」

そう、朔と藤花は言いあった。

だが、ひゅっと息を呑《の》み、まつりは慌てた。蒼白な顔で、彼女は口を開く。

「そんな！　まろすけは」

「わかってくれ。俺には藤花の命のほうが大事なんだ」

きっぱりと、朔は言いきった。冷たいとは思わない。

これから先も、殺意の『伝染した』人間に遭わない保証はなかった。いや、街の惨状を考えれば、高確率で遭遇するだろう。それに、接触をくりかえすうちに、朔たちもああなるかもしれなかった。猫探しなどと、のんきなことはとても言ってはいられない。

朔の本気を感じとったのだろう。まつりは顔を伏せた。ジーンズの後ろポケットから、彼女はスマフォをとりだす。そして、朔たちから少しだけ距離を開けた。

「……しかた、ないですね。ちょっと待ってください」

まつりは電話をかけたようだ。誰かと通話をはじめる。小さな声は聞こえてこない。

その間に、藤花《とうか》もスマフォをとりだした。難しい顔で、彼女はなにかを検索する。

低く、藤花はつぶやいた。

「……やっぱり」

「どうしたんだ、藤花？」

「お待たせしました！」

そのときだ。まつりがもどってきた。なぜか、彼女は明るさをとりもどしている。

まつりは弾んだ声で告げた。

「お父さんに連絡をとりました。えっと、普段は仲が悪くて、私の理解者はお話ししたとおりにまろすけだけなんですけど……今回は、無理やり頼みこみました！　おふたりを車で送ってくれますから、少しだけ待っ……」

「それで、『お父さん』は僕らのどっちに用があるんだい？」

藤花は奇妙なことを言いだした。

なんだろうと、朔《さく》は首をかしげる。よく、意味がわからない。

まつりは顔をこわばらせた。視線を、彼女は左右に泳がせる。

「や、やだなぁ、藤花さん……なに、を」

「違うな。訂正するよ」

じっと、藤花は挙動不審なまつりを見つめた。そして、ささやく。

「僕らのどっちを攫《さら》おうというんだい？」

＊＊＊

「……えっ？」

「攫うことが目的だ、とまでは断定できないけれどもね。ここまで手をかけたのだから、生かしたまま捕らえるつもりなのかな、とは思うよ。企みに気がつくのが遅かった……いや、違うな。猫が本当にいる場合を案じて、指摘が遅れた」

謡うかのごとく、藤花は言った。カツリと彼女はまつりに一歩近づく。

さらりと、藤花は黒髪を揺らした。静かに、彼女はまつりを目に映す。

「なにからなにまで、君はおかしかったんだ」

藤花《とうか》はスマフォをかかげた。まつりとのメッセージのやりとりを表示する。

とんとんと、藤花は画面を指で叩《たた》いた。彼女は鋭い声で言う。

「君は、僕が依頼を受けたあと『これで救われます』と書いたね。ここにも違和感はある……まだ、猫は見つかってもいないのに」

「それは単に、すごく嬉《うれ》しくて……」

「おかしなのはそれだけじゃない。君は何日も何日も、猫を探して歩いたと言った。こんな危険な街を。傷ひとつ負うことなく。女性がたったひとりで？　実際に歩いてみてわかったけれども、とても無理だ」

藤花の言葉に、朔《さく》は軽く目を見開いた。

確かに、彼女の言うとおりだ。この街は、すでに平穏無事に猫を探せる環境にはない。

さらに、藤花は続けた。

「スーパーの前を通ったときのことだ。君は『世界の終わり』と迷いなく口にした。確かに一般の人にも平穏が歪《ゆが》み、壊れてしまったことはわかるだろう。だが、普通はまだなんらかの救いがあるかもしれないと縋《すが》っている状況のはずだ。なぜ、一切のためらいなく、『世界の終わり』と言いきれたんだい？」

「それは、テレビでコメンテーターが……」

「だから、僕は会話に罠《わな》を仕掛けたんだ」

朔は思いだす。

まつりが『世界の終わり』と言ったあと、藤花は口を閉ざした。

そして、ある問いかけを続けたのだ。

「『僕は霊能探偵だ』『この能力を活かせたら』と。僕が苦悩し、やる気を失いかけている様子を見て、君は『母の魂を呼びだすこと』をとっさに提案した……なぜ？」

「えっ？　だって、霊能探偵だし……」

「その名に期待するのは、普通、占いや予知のたぐいだろう。ギリギリ、死者の声を聞く、くらいならば発想としてはありかもしれない。だが、君は『死者の魂を呼びだす』と言いきった……死者呼びを行える、藤咲《ふじさき》の女の異能を知っているんだろう？　いったい、何者なんだい？」

「そんな、私は」

「極めつけはコレだよ」

滑らかな動きで、藤花はスマフォを操作した。

ふたたび彼女は画面を朔たちのほうへ向ける。

朔は絶句した。

スマフォ上では、画像検索が行われていた。たくさんの猫の画像が並んでいる。その三枚目に、まつりからまろすけだと紹介された猫の写真が載っていた。

藤花は画像の元サイトを開く。ある猫喫茶に所属している、猫の紹介ページが表示された。

衝撃とともに、朔《さく》は思い知る。

まろすけなんて、飼い猫はいなかったのだ。

「SNSか、画像共有サイト。あるいは画像検索のどれかで拾った写真だろうと予測したら、案の定だ。適当に探したのが、仇になったね」

「……っ」

「これでもまだ言いわけをするのかい？」

藤花《とうか》はたずねた。

だらりと、まつりは両腕をさげる。がくりと、彼女は顔を下に向けた。

やがて、ぽつりと、まつりはつぶやいた。

「……言いわけをする気なんて、ありません。本当は猫探しの前に睡眠薬入りのお茶でもふるまって、穏便に済ませたかったたんですけどね」

「俺たちを、罠《わな》にかけたのか？」

「でも、もういいんです」

「なに？」

かっくんっと、まつりは顔を跳ねあげた。

にぃっと、彼女は歪《ゆが》んだ笑みを浮かべる。

「もう、『お父さん』は来ていますから」


次の瞬間、パァンッと破砕音がひびいた。

サイドミラーが壊れた音だ。

猛烈なエンジン音と、ギャリギャリギャリという耳障りな異音も反響する。

バッと、朔《さく》は後ろを振り向いた。そして、目の前の事態に言葉を失った。壁を削り、火花をあげながら、細い路地裏の中へ無理やり車が侵入してきたのだ。

「ッ!」

「なっ」

車は急停車した。

その屋根が開く。

中から、黒ずくめの姿をした男性が飛びだした。べこんとへこませながら、彼はボンネットに着地する。そして、藤花《とうか》に組みついた。朔は彼に殴りかかろうとした。だが、できなかった。まつりが、両腕を足にやわらかくからめてきたからだ。彼女は共犯者へ向けて叫ぶ。

「今のうちに!」

一瞬の隙《すき》をついて、藤花は運ばれる。

腰を抱えられながら、彼女は叫んだ。

「藤花！」

「朔君！」

屋根を開けたままで、猛然と車はバックした。

そして火花とタイヤの軋《きし》む音を残して去った。

藤花のことを連れて。

＊＊＊

「どう、してだ」

震えながら、朔はたずねた。

そのまえで、まつりは平然とした顔をしている。

涼しげな表情が、朔には憎くてしかたがなかった。そのしなやかな首を折ってやりたいと思う。だが、できない。もしも、実行すれば、攫《さら》われた藤花《とうか》の手がかりが失われてしまうからだ。

重い沈黙が続いた。

まつりは前髪をいじり続ける。だが、やがて口を開いた。

「もうすぐ、世界は終わります。このことは、安蘇日戸《あそひと》の預言があったので、異能者ならば誰もが知っています」

「そう、だろうな」

「でも、これは知りませんよね」

さらりと、まつりは言葉を続けた。彼女は新しい情報を、朔《さく》へと投げ渡す。

「それを防ぐために、藤咲《ふじさき》本家が、『藤咲の女』を集めはじめました」

朔は目を見開いた。

ついに、藤咲家自体が動いたのだ。だが、どうやって世界を救う気なのかは検討もつかない。その方法には触れることなく、まつりは続けた。

「安蘇日戸は世界を守るために動いた。従属関係にある駒井《こまい》もです……まあ、ふたつともなにかゴタゴタがあって、それどころじゃなくなったみたいですが」

「……知っている」

「ですが、彼らが右を向けば左を向く家がありまして……それが、私たち『西の先ヶ崎《さきがさき》』です」

まつりの正体を、朔は呆然《ぼうぜん》と聞いた。

遠藤ではなく、『先ヶ崎まつり』が彼女の名前だったのだ。

謳《うた》うように、『西の先ヶ崎』の女は続ける。

「だから、駒井の方針とは逆に、このまま世界を滅ぼすことが私たちの目的でした」

「そうじゃない……どうして」

「なにを言いたいんですか？」

まつりは訝《いぶか》しげに聞いた。

大きく、朔は首を横に振る。

世界を守るも、
世界を壊すも、

薄情なほどに、心底どうでもよかった。

異能の家の歪《ゆが》みも知ったことではない。


ただ、ただ、彼はひたすらに悲しかった。ぼろぼろと大粒の涙を落として朔は言う。

「どうして、藤花《とうか》の優しさを裏切ったんだ」

世界の終わりにすらも、
彼女は人を助けようとした。
ひとりぼっちではさみしいからと。

『猫に、会わせてあげようね！』

ただ、それだけなのに。


「藤花はな、本気で……本気で、アンタのことを心配していたんだ」

「そう、ですか」

「彼女は……ただ、優しい……から、ちくしょう！」

叫んで、朔《さく》は涙を落とした。ゴッと、彼はアスファルトを殴る。

きゅっと、まつりは唇をひき結んだ。なにかを彼女は迷う。だが、小さくうなずいて続けた。

「そのことについては」

「なんだっ！」

「信じて、もらえないかもしれませんが、心から悪いと思っています」

「なら、藤花を返せ」

「それはできません……世界をより滅びに近づけるために、『西の先ヶ崎《さきがさき》』は藤咲《ふじさき》の女を捕らえて殺してきました」

瞬間、朔は目の前が白く沸騰するのを覚えた。

純粋な殺意に、脳が焼ける。まるで自分にも呪いが『伝染した』のかと思えるほどだ。咄嗟に、朔は動きかけた。だが、まつりの眼孔に指をねじこむことを、彼は必死に思いとどまった。

藤花のためにも、今は殺すことはできない。

彼の様子に怯《おび》えたのか、まつりはわずかに後ろにさがった。彼女は唾《つば》を呑《の》みこむ。

震えながらも、まつりは強気に続けた。

「けれども、私と協力者は、必ずしもそうする気はありません」

「……なに？」

「条件が、あります」

息を吸って吐いて。

脅迫者でありながら、彼女は望むようにささやく。

「藤花《とうか》さんを返して欲しければ」

終末前に集団自殺をしようとしている、父を止めて。

あまりにも意味なく、滑稽《こっけい》で、おかしなことを阻止するよう。

間話

歌が。

歌が、聞こえる。

藤花《とうか》が、春を謳《うた》っている。

彼女に膝枕《ひざまくら》をしてもらいながら、朔《さく》は美しい旋律を耳にした。彼の髪を撫《な》でながら、藤花は穏やかな調子でさまざまな歌を紡いでいく。それらは春の歌がほとんどだった。


春が来た。

春の小川は。

春のうららの。

さくら、さくら。


うとうとしながら、朔は断片的なフレーズを聞く。

やがて、知っている歌が尽きたらしい。

藤花は自由に鼻歌をつむぎはじめた。やわらかな音が、朔の耳に届く。優しいひびきは、まるで子守唄のようだ。眠れ、眠れと、彼女は語りかけてくる。藤花の指先の心地よさを感じながら、朔は深く息を吐いた。そのときだ。

不意に、藤花は歌をやめた。

「……朔君、寝ちゃったの？」

彼女はたずねる。

朔は応えなかった。正確にはまどろみかけていて口を開けなかった。

彼の髪に、藤花は細い指をとおす。サラサラと遊びながら、彼女は小さくささやいた。

「よかった……朔君、眠れていなかったみたいだから」

どくんっと、朔は心臓が跳ねるのを覚えた。

まさか、藤花に気づかれているとは思わなかった。

毎日、毎晩、朔は彼女を抱きしめて目を閉じた。指の甘嚙《が》み程度で、藤花は未《い》だ《ま》に恥ずかしがる。けれども、ふたりは恋人として、すでにもう一段階先に進んでいた。週に何回かは体を繋《つな》げている。藤花《とうか》の中にいるとき、朔《さく》はいつも泣きそうになった。幸せで、幸せ、この時間が永遠であればいいのにと望んだ。

けれども、時は待たない。
永遠など、ここにはない。

だから、朔は眠れなかった。

意識の途絶えている時間が怖かった。
藤花を認識できない時間があることが耐え難かった。
一分でも一秒でも長く、彼女の存在を感じていたかった。だから、朔は藤花を抱きしめたまま、一睡もしないで朝を迎えることが多かった。だが、まさか、藤花がそれに気づいているとは思わなかった。もぞりと、朔は動く。今もまた、彼が眠っていないことに気がついたらしい。
藤花は朔の頭を抱きしめるようにした。そうして、甘く、優しくささやく。

「大丈夫だよ、朔君」

藤花はなにも知らない。
それでも、だからこそ。

「僕はずっとここにいるから」

ああ、そうであればいいのに。
ずっとこうであればいいのに。

そう朔は望む。藤花の心臓の鼓動に、彼は耳を澄ます。
それは世界で一番美しい音だ。だが、いつかは止む音でもあった。けれども、今は確かにひびき続けている。それはしっかりと命を歌ってくれていた。

生きている。
生きている。
藤咲《ふじさき》藤花は生きている。

それはなんと美しく、
喜ばしい奇跡だろう。

どうっと風が吹く。桜が舞う。白が踊る。
藤花《とうか》のほほ笑みは、今、確かに、永遠で。

そしていつかは消えるものだ。
まるで、桜が散るかのように

第三の事件　彼らの自死

しばらく、朔《さく》とまつりは路地裏で時間をすごした。

やがて先ほどとは別の車が現れた。それは無理に侵入することなく道の入り口付近で止まる。横目で、朔はその車体を確認した。

日本国内のメーカー製の有名な高級車だ。中から、黒縁眼鏡《めがね》をかけた、スーツ姿の中年の男性が出てくる。先ほど、藤花《とうか》を拉致《らち》した黒ずくめの男とは別人だろう。そう、朔は考えた。あの『お父さん』はたんにまつりの協力者で、こちらが『自殺をしようとしている本当の父』だ。

まつりは語っていた。

『世界の終わりをめざすうちに、先ケ崎《さきがさき》は滅亡思想に染まったんです。今ではみんなが死のうとしている。全員が異能を使って命を断つ前に、本当の父を説得してください……集団自殺を止めることができれば、協力者に言って藤花さんは解放します』

そういう、約束だった。

ゆっくりと朔は男性を見つめる。

彼の顔は知的だが目は大きめで、まつりとよく似ていた。落ち着いた様子で、男性は歩いてくる。まつりに一度視線を投げると、彼は朔のほうを向いた。それから、抑揚のない声で語る。

「やあ、娘が、君と話をして欲しいと言ってきていてね」

「……そうらしいですね」

「ここは危険だ。先ヶ崎の施設に行こう」

そう、中年の男性は先に立って歩きはじめた。朔とまつりはその後を追う。

三人は路地裏から外に出た。

次の瞬間だった。


「ばあああああああああああああああああああああああああああああああああっ！」


意味をなさない咆哮《ほうこう》とともに、歪《いびつ》な影が飛びだしてきた。よく見れば、ぼろきれのような服の残骸《ざんがい》をまとった男性だ。だが、すぐには性別がわからないほどに、顔や体の大半が醜く爛《ただ》れている。その手足の先は炭化すらしていた。まるで、業火に焼かれた怪物のようなありさまだ。

さっき、朔が炎の雪崩に巻きこんだ男だった。

生きていたのかと、朔は驚いた。しかも、彼はまだ殺意の伝染から逃れられていなかった。人間とは思えないほどの憎悪の声をあげて、燃えた男は襲いかかってくる。

その脳は、もうすぐ死ぬ今となっても他者への殺意に支配されたままだ。

ちらりと、眼鏡の中年男性は彼を見た。ゆったりと、中年男性は虚空を殴る動作をする。ブンッと彼が手を振り抜いた瞬間、パンッとまだ距離のある地点にいた男の腹が弾けた。

「……えっ？」

思わず、朔《さく》は愕然《がくぜん》とした。

生焼けの肉が、奥のほうは艶《つや》やかな内臓が、どさどさとアスファルトに落ちる。粘つく血が辺りに飛び散った。道路のうえに人の残骸《ざんがい》が山をなす。

呆然《ぼうぜん》と、朔は疑問を口にした。

「なん、で？」

「驚くことはなにもない。たんに、これが私の異能だよ。先ヶ崎《さきがさき》は代表的な異能をもたない。みーんな、バラバラだ。私のソレはサイコキネシスに近くてね。透明な腕のようなものを自由に動かせる。普段はこんなに威力はないのだが……今回は相手の体が崩れかかっていたせいだな。腹の表面が焼けて薄くなってもいたようだ」

うむと、中年男性はうなずいた。なにごともなかったかのように、彼は朔とまつりに車へ乗るようにうながす。中年男性自身は運転席に回った。朔とまつりは、後部座席に座る。

近くには死体が散らばっていた。だが、彼は音を立ててアクセルを踏んだ。ぶちゅぶちゅぶちゅっと嫌な音を立てて落ちていた腸が潰《つぶ》れる。それは少しだけタイヤに絡まった。だが、肉の千切れる音とともに、それを振り払って車は速度をあげた。車内を沈黙が満たす。

しばらくして、中年の男性は口を開いた。

「音楽」

「はい？」

「音楽、なにがいいかね？」

朔は言葉に迷った。

特に聞きたい曲などない。

彼とまつりが黙ったままでいると、男性は——カーオプションでわざわざつけたらしい——CDプレイヤーを操作した。ザ・ビートルズの『イエローサブマリン』が流れだす。

『イエローサブマリン』の気だるいくりかえし。

今の状況で聞くには、頭がおかしくなりそうなチョイスだった。

穏やかな音の中で、朔は口を開く。

「なんでも、先ヶ崎は集団自殺をしたいとか？」

「……まつりに聞いたのか？」

「娘さんに、止めてもらえるように頼まれました。彼女はあなたの死を望んでいません」

「……ふむ」

中年の男性はうなずいた。黒縁の眼鏡《めがね》がわずかにズレる。

まつりはなにも言わない。彼女は顔を伏せたままだ。

朔は返事を待った。まずは直球で斬りこんでみたが、どうか。

だが、中年の男性はなにも言わない。点滅をくりかえすだけとなっている信号には頼ることなく、荒れた車道を走りながら、彼はおもむろにCDを入れ替えた。

マイケル・ジャクソンの『スムーズクリミナル』が流れだす。

リズムは明るいが、アニーという女性が殺される歌だ。

数秒の沈黙を挟み、中年男性は口を開いた。

「他にもっとふさわしい曲があったかな？」

「……俺は洋楽を数は知りません」

「最近の歌はどうかな？　教えてくれると嬉《うれ》しい。電子音楽……なんとかロイド、とやらの発生から今までのあいだに、インディーズ曲の発展は目覚ましかったんだろう？」

「もうすぐ死ぬのに、そんなことを問うんですか？」

「人間とは複雑なものだよ、藤咲《ふじさき》朔《さく》君」

さらりと、中年男性は朔の名前を呼んだ。藤咲の脱走者ふたりについては、彼も知っているらしい。だが、それはある意味どうでもよいことでもあった。

朔に求められているのは、この男性たちの自死を止めることだけだ。

だが、朔がそう思ったとき、考えを読むように男性は言った。

「名前とはどうでもよいことではない。重要だよ。我々はまず名前で個人を認識し、得たラベルへと情報をつけ加えていく。つまり、名前を知ることは月面における人類の第一歩ともいえる……もっとも、『人は月に着いていない』とする説もあるがね」

「陰謀論ですよね、それ」

「『アポロ計画陰謀論』。アレを扱ったコメディー映画が私は好きでね。映画は観るかな？」

「……あの」

「『人に話を聞いて欲しければ、肩を叩《たた》いてはならない。ハンマーで殴るんだ。そうすれば、人は真剣に話を聞く』」

しんっと、ふたたびの沈黙が落ちた。

中年男性の異能による一撃を、朔は思いだす。

しばらく、中年の男性は無言で車を走らせた。ほぼ滅びている静かな街に変化が起きる。叫んでいる人が道路沿いに現れたのだ。頭から血を流しながら、若い男が止まってくれと訴える。

それを無視して猛スピードで駆け抜けながら、中年の男性は続けた。

「今のは映画『セブン』の中のセリフだよ。もっとも、私の意訳だがね。原文のセリフは『Wanting people to listen, you can't just tap them on the shoulder anymore. You have to hit them with a sledgehammer, and then you'll notice you've got their strict attention.』」

「………」

「だが、私には君を殴る気はない。ハンマーでも異能の力でも殴る気はない。しかし、君のほうは私の肩を叩《たた》くだけではダメだ。それこそ、ハンマーを振るうようにして、言うことを聞かせなければならない」

「……あなたへの暴力を容認する、という意味ですか？」

「少し違うな。『セブン』の『ジョン・ドゥ』の言うことは真理だが、私はもうすこし若者には紳士であって欲しい……つまり、『ハンマーで殴るような言葉選びをして欲しい』ということを……そうだな。期待している」

「期待」

「まずは話そう。人とは対話をすべき生き物だ。コミュニケーション言語が豊富で複雑なことだけが、人間のもつ価値なのだから」

ちらりと、朔《さく》はまつりを見た。

まつりはうなずく。

これはひと筋縄ではいかない。そう、朔は内心で冷や汗を流した。まつりの父である中年の男性は、壊れてはいないようだがあまりにも独特すぎた。不意に、男性はふたたび口を開いた。

「口梨《くちなし》だ」

「くちなし？」

「私の名だよ。先ケ崎《さきがさき》口梨。そのわりにはよくしゃべる」

そして、彼──口梨──はかすかに笑った。

一流のジョークを告げるように、彼は言う。

「これで、君は月面着陸を果たしたわけだ」

だが、人類は月になど行っていないのかもしれない。

口梨の提示した話が、頭を回る。

ならば、この例えは彼なりの皮肉なのだろうか。

だが、口梨は先を続けなかった。気がつけば、曲は切り替わっている。『ゼイ・ドント・ケア・アバウト・アス』。差別などの人間の負の面についての、メッセージ性の高い曲が流れた。

マイケル・ジャクソンの叫びを背後に、口梨はつぶやく。

「怒りの曲だ」

あいかわらず、外には地獄が広がっている。

それを無視して突き進みながらも彼は言う。

「私たちはもっと怒るべきだったんだ」

なにを?

なにに?

疑問は無数にある。だが、口にはだせなかった。

自殺阻止という目的から離れた対話に、朔《さく》は疲れはじめていた。藤花《とうか》を失っている不安といらだちも大きい。だが、それを口梨《くちなし》にぶつけることもできなかった。朔は唇を噛《か》みしめる。

やがて、車は大きく曲がり、長い坂道を降りた。途中に設けられた遮蔽扉《しゃへい》を、口梨は鍵で開いた。そしてまた車を走らせると巨大な金属工場めいた場所で速度を緩めた。

広い駐車場に停止しながら、口梨は言う。

「先ケ崎《さきがさき》の現在の避難先である、半地下シェルターへようこそ。ここなら二十八日間、ゾンビの襲撃にあっても大丈夫だ」

「短い気がしますが?」

「『二十八日後…』知らないか?」

さみしそうに、口梨は言った。そして、車を降りる。淡々と、彼は続けた。

「さて、それでは私は君とまじめに話をしようか」

やはり、死ぬ気があるとは思えない様子だった。

＊＊＊

工場の中には、一見してなにもなかった。

ガランとした空間には、埃《ほこり》が舞っている。破れたトタン屋根からさしこむ光が、それを荘厳に照らしていた。空っぽすぎて、逆に神聖ささえ感じとれる光景だ。

その中を、口梨は歩いた。ザッザッと乾いた地面を荒らしながら、彼は進む。

かと思えば、不意に足を止めた。

工場の端には――コンクリートブロックで四方を押さえられた――ブルーシートが広げられている。彼はそれをめくった。下からメタリックな輝きが覗《のぞ》く。金属製の分厚い引き戸だ。ダイヤル式の錠でロックがされている。手慣れた動作で、口梨は番号をあわせた。

一連の様子を眺めて、朔はささやく。

「他の異能の家と違って、ずいぶん厳重なんですね」

「『だから』だ。『西の先ヶ崎』は『預言の安蘇日戸《あそひと》』と『東の駒井《こまい》』の逆張りをする。それに、うちは能力名を冠した四家ほどには広大な敷地を有してはいない。だからこそ、存在を隠すのにも工夫が必要だった。そして、昔からよくいる終末思想にとり憑《つ》かれたパトロンにうまく金を出させ、ここの建設に成功した」

あいかわらず口梨《くちなし》はよくしゃべる。それだけを語ると、彼は引き戸を開いた。轟音《ごうおん》がひびく。

ぽっかりと、地下への穴が開いた。覗《のぞ》きこむと、スチール製のハシゴが伸びている。

「私が先行しよう」

まず、口梨が降りた。

朔《さく》とまつりが後に続く。

滑らかな壁材で造られた、暗い廊下に到着した。節電のためか、光量は落とされている。だが、特に迷う様子もなく、口梨は歩きだした。その革靴の底がカツカツと音を立てる。定規でもさしこまれているかのようにまっすぐな背中を、朔は追いかけた。

ネームプレートのついた部屋が、次々と視界の端を流れていく。

『食糧室』

『浄水場』

『発電室』

『居住区・男』

『居住区・女』

『医務室』

『修練室』

『自由室』で、口梨は足を止めた。

眼鏡《めがね》を光らせて、彼は扉を見あげる。その横顔に複雑な色が浮かんでいることに、朔は気がついた。『私たちはもっと怒るべきだったんだ』。その言葉をなぜか、彼は思いだす。

口梨はわずかに朔のほうを向いた。そして、彼は唇を開いた。

「吐かないように」

「はあっ？」

「違う。吐いてもいいが、これにお願いしたい」

そう言うと、口梨はスーツのポケットからいきなりビニール袋をとりだした。くしゃくしゃになった頼りない一枚を、朔は受けとる。ボソボソと、口梨はつぶやいた。

「プラスチックの廃止が声高に叫ばれるようになってから、この手の袋はあからさまに薄くなったとは思わないかね？　ＳＤＧｓを意識した企業努力のたまものか、便乗しての材料費削減なのかは微妙な線だとは疑問を抱いたことは？」

「はぁ」

「まあ真実はどちらでもいいし、片方だけでも納得はしがたいが……おかげで『我々がゲロを吐くにも苦労するハメになる』ことだけが重要な事実として残されたわけだ」

「別に吐きませんが？」

「どうかな？」

がらりと、口梨は扉を横にひいた。

向こうがわには、また廊下が伸びている。左右それぞれにガラス張りの部屋があり、奥にはもうひとつ扉で塞《ふさ》がれた個室があった。『空室』とプレートには書かれている。誰かが入室すると表示が変わる仕組みらしい。そして、左右を見て。
思わず、朔《さく》は口元を押さえた。

女が残酷に殺されていた。
凄惨《せいさん》に『開かれていた』。

それは確かにあまりに冒涜《ぼうとく》的で、
吐くに、あたいする光景だった。

＊＊＊

壁際には、四名の女たちが横たえられていた。
その腹腔《ふくくう》は開かれ、中身は掻《か》きだされている。

辺りに転がるメスや鉗子、果てはスプーンなどで乱雑にやったに違いなかった。しかも、それは彼女たちが『生きている状態』で行われたらしい。

女たちの縛られた四肢についた苦悶《くもん》の跡、天井まで飛びちった血、肉片混じりのゲロや垂れ流された糞尿《ふんにょう》、見開かれたまま硬直した目が、それを証明していた。

朔は吐きはしなかった。

凄惨な死体は見慣れている。だが、ここの女たちの死に様は知る中でも残酷だった。室内ではほかにも積まれた臓器と傷んだ脂肪の塊がめだつ。だが、それらには目を向けることなく、朔は女たちの顔を見つめた。

殺されているのは四人。

老婆に近い女性。

中年の女性が二名。

そして中学生ていどの少女だ。

どれも想像を絶する苦悶によって表情は歪《ゆが》み、壊れている。だが、どの人物の容貌にも『人形のような美しさの残滓《ざんし》』があった。そして全員、顔立ちは似通っている。

間違いない。

そう確信して、朔は口を開いた。

「彼女たちは『藤咲《ふじさき》家の女』、ですか？」

「そう……まつりに聞いているかな。世界の終わりに対し、駒井《こまい》と安蘇日戸《あそひと》が目指したことの『逆張り』の結果がこれだよ」

「『藤咲《ふじさき》家の女』が世界を救うために必要な存在だから殺した……？」

「そういうことなんだろうね」

口梨《くちなし》の声は落ち着いている。

それを聞き、朔《さく》は怒りで視界が白く煮えるのを覚えた。だが、大きすぎる感情を、彼はなんとかして飲みこもうとする。今、怒鳴るのは得策ではなかった。

しかし、藤咲の女の死体に、藤花《とうか》の姿が重なる。

『朔君、大好き』

彼女たちも、

息をして、

笑い、

泣き、

愛し、

生きていたのに。

思わず、朔は叫んだ。

「どうして殺すなら殺すで、こんな殺しかたをしたんだ！」

「……それはそれで、根本的な倫理観に欠けた問いではあるがね。同感だ」

口梨は言いきった。

大きく、まつりもうなずく。唇を引き結んで、彼女はなぜか目に涙をためていた。

あれ？　と朔は思った。あっさりとした肯定に、彼は投げつけた言葉の先を失う。

そのとき、逆側のガラス扉が開いた。

中にいた、軽薄そうな茶髪の青年が声をあげる。ジーンズと長袖《そで》のシャツというラフな姿で、彼は頭を掻《か》いた。大きなあくびをしてから、青年は頭をさげる。

「あれ？　口梨さん、どうも」

「……どうも」

「そっちのは？　娘さんはいいとして、客ですか？　聞いてませんけど？」

「……娘の友人だ」

「……『終わりの日』まで、食糧の余りはありませんけど？」

青年はカラコンを入れた目をぎらつかせた。

朔は身の危険を覚える。だが、眼鏡《めがね》の位置を直しながら、口梨は淡々と続けた。

「藤咲の血縁者だ。新たな女の手がかりになるかもしれない」

「ああ、いっすねー、それは。なら、奥の空室使ってください」

「どうも」

「それにしてもいいなー、口梨《くちなし》さん。運あるなー。ああ、せめて、俺も前回の『バラシ』には参加したかったなー」

死体のほうに目を向けて、青年はため息を吐《つ》いた。朔《さく》はゾッとした。その反応に、嫌悪や恐怖などの負の感情がふくまれていなかったからだ。むしろうっとりと、青年は続ける。

「だって、こんな地下暮らしでしょ。ヤバいストレスが溜まって溜まって……先輩たちがアアしたのもわかりますよ」

「……そうかい」

「でもなー、ヤってからバラすか、ヤラねぇなら、若手に譲ってくれりゃいいのに。ねぇ、そう思いま……おっと、こりゃちょっとダメでしたかね。いやー、右端のにはとうぜんイタズラ系はNG……」

「行ってもいいかな?」

「あっ、すみません。どうぞー」

へこへこしながら、青年は横へどいた。

無言で、口梨は彼とすれ違った。青年はまつりへ粘つく視線を送る。それから、口笛を吹きながら去って行った。口梨は唇を固く引き結んでいる。ハンカチをだすと、彼は意味なく手を拭《ふ》いた。それから、奥の個室へ向かう。まつりは足を止めた。口梨は言う。

「ここから先は、私と朔君だけで話そう」

「なにを」

なにを話すことがあるのかと。

そう、朔はたずねた。

自殺を止めなくてはならないことはわかっている。だが、話はどうせ口梨のペースでどうせ進むだろう。ならば、なにを話すのかをあらかじめ聞いておきたかったのだ。

振り向いて、口梨はささやく。

かつて、どこかの誰かが言ったような答えを。

「――――たとえば、生と死について」

＊＊＊

小部屋の中は殺風景だった。

窓や装飾のたぐいはひとつもない。ただ、狭い机を中心に、パイプ椅子《いす》が向きあう形で置かれていた。まるで尋問室のようだ。

手前の椅子《いす》に、口梨《くちなし》は座った。

自然、朔《さく》は奥に座ることとなる。

彼が着席すると、口梨は眼鏡《めがね》を外した。間近で、口梨は朔の目を覗《のぞ》きこむ。


「生と死の価値は、個人の定義で揺らぐ」


号令を鳴らすかのごとく、口梨は語りだした。

それに、朔は返事をしない。まだ、先があるのだろうと思ったからだ。彼の考えたとおりに、口梨は録音を再生するかのごとき滑らかさで続けた。

「もっとも社会的規範に照らして判断した場合、答えはすでに明確にでている。生とは善いことで死は悪だ。産めよ増やせよ地に栄えよ。人の社会は『人間がいること』ではじめて成り立つ。ゆえに、殺しは悪だ。最悪の罪だ。その根底にして前提がなければ、社会は成り立たない。瞬く間に崩壊をとげる。だが、逆説的に言えばこうなるのではないかね？　社会が成り立っていなければ殺しは罪ではない、と」

口梨の言葉に、朔はハッとした。


秩序の粉砕。

社会の崩壊。

世界の終焉《しゅうえん》。


つまり、今だ。


「だから、藤咲《ふじさき》の女たちの死を許せと？」

「違う。私はそんなことは問うていない。アレは悪だ。万が一、神が許したところで、私が許しはしない。絶対的な悪の所業だ」

朔の目を睨《にら》みながら、口梨は断言した。

その眼球を見返しながら、朔は違和感を覚えた。口梨は、先ヶ崎《さきがさき》とともに異能を使用した集団自殺を選ぼうとしている。だが、その思想は一枚岩ではないのだろうか。朔は考えを進めようとした。けれども、それをさえぎるように、口梨が新たな言葉を舌に乗せる。

「つまりだ、私が言いたいのは」

まるでチェスの駒を動かすかのように、口梨はトンっと机を叩《たた》く。

決定的なことを、彼は問いかけた。

「終焉を前にして、君が自殺を止める理由はなにかと言うことだ」

うっと、朔《さく》は息を呑《の》んだ。

今度は、口梨《くちなし》のほうが直接切りこんできた。ここで、答えを間違えればおそらく終わりだろう。息を吸って吐き、朔は考えた。怖いほどに真剣な、口梨の目を瞳《ひとみ》に映しながら頭を回す。

きれいごとならばいくらでも口にできた。

道徳の模範のような答えだって言える。

だが、朔の頭の中に嘘偽《うそいつわ》りなくあるのは、ただひとつの笑顔だけだった。

『朔君』

『朔君、好きだよ』

『君のことが大好き』

彼女のことを想わない時間などなかった。彼女の側《そば》にずっといたかった。彼女の声を聞いていたかった。彼女の頭を撫《な》でて、その唇に唇を重ねたかった。そして、告げるのだ。

『俺も大好きだよ、藤花《とうか》』

愛しているのは、ただひとり。
藤咲《ふじさき》藤花が生きるためならば、
そのために、誰が死のうとも、

「どうでもいい」

「……答えの放棄かね？」

「ちがうんだ。どうでもいいんだ。俺には、人が自殺しようが、あなたが死にたかろうが、実際に死のうが、本当に心の底からどうだっていい。死にたいやつはみんな死ね。自由に死ね。いくらでも死ね。だけど、あなたが死んだら藤花が助からない」

その事実を口にしながら、朔のまなじりからは涙がこぼれ落ちた。

泣く瞳を見つめて、口梨は目を細める。彼の前で、朔は祈るように手を組んだ。そして、どうしようもなく最悪な懇願を――その自覚がありながら――吐きだした。

「娘さんは、あなたの自殺を止めることを条件に、藤花を奪いました。お願いです。娘さんに、藤花を俺に返させてそれからあなたは自殺してください。死にたいのならばどうぞ好きに死んでください。でも、俺のもとへ藤花をもどしてからにしてください」

「……君は」

「彼女を愛しているんです」

世界で、一番。

だからどうか。

「それが叶わないなら、俺も殺してください」

しんっと、沈黙が落ちた。

ぐすぐすと、朔《さく》はみっともなく泣き続ける。ぱちぱちと数回まばたきをして、口梨《くちなし》は眼鏡《めがね》をかけ直した。フレームの位置を調整しながら、彼はつぶやく。

「めちゃくちゃ、だな」

「……わかっています」

「だが、ハンマーだ」

「えっ？」

朔は顔をあげた。

その前で、口梨は穏やかに笑っていた。はじめて見る彼の笑顔は、とても父親らしい落ち着いたものだった。ゆったりした口調で、口梨はささやく。

「もう、充分だ。ありがとう」

「……それじゃあ」

「娘には伝えておく。君は……そうだな。三十分後くらいにこの部屋をでなさい」

ゆっくりと、口梨《くちなし》は立ちあがった。彼は個室を後にする。

嚙《か》んでふくめるように、口梨はくりかえした。

「いいね、三十分後だよ」

そして、口梨は去った。

朔《さく》は安堵《あんど》のため息を吐《つ》いた。

涙を拭《ふ》いて、彼はつぶやく。

「……よかった」

だが、黒い不安があふれだしたのは、
そろそろ十分経つころのことだった。

＊＊＊

この部屋に、時計はない。

十分はおおよその体感だった。

じりじりと経過する時間の遅さも、朔の不安に小さな——しかし消えはしない——火をつけた。じっくりと、彼はそれに炙《あぶ》られる。顔の前でてのひらを組みあわせて、朔は考えた。


（……おかしくはないか？）


果たして、あのめちゃくちゃな訴えが、本当に口梨に届いたのだろうか。

いや、客観的に判断しようとしても、彼はあまりによくわからない男性だった。素直に吐きだした言葉こそ刺さったのだと考えても、致命的誤りとは言えないだろう。

おかしいのは、指定された時間だった、
なぜ、口梨は三十分も待つように言ったのか。

娘——まつり——に知らせるだけならば、すぐに済む。なぜならば、彼女は共にここまできたのだ。近くで待っているはずでもあった。

それに、余剰食糧のない先ケ崎《さきがさき》内では、朔《さく》は微妙な立場だ。ここにひとりでいるところが見つかれば、危険とすら言えよう。もしも、藤花《とうか》が捕らえられているのが、この地下施設であればなおさら早急な脱出が必要だった。まつりが彼女をつれてくるのに、それだけの時間がいるのだろうか？　いや、ならば朔を先に外にだし、藤花と合流させたほうが効率的といえる。

口梨《くちなし》が、そんな簡単なことに気づかないとは思えない。

考えても、

考えても、

こうして、朔を孤独に座らせておく理由などない。

ならば、なぜ、

『いいね、三十分後だよ』

そこで、朔は目を見開いた。

遠くで、人の悲鳴が聞こえた気がしたのだ。それはただの叫びではない。命が潰える瞬間の断末魔だった。なにかが起こっている。ついにそう察して、朔は立ちあがった。

パイプ椅子《いす》が背後に倒れる。そのうるさい音を耳にしながら、彼は扉に飛びついた。開いて、死体の飾られた部屋の前を走り抜ける。朔は次の扉を開けた。そうして、彼は見た。

あの青年が、無残に死んでいた。

頭は潰され、体は壁に貼りついている。

「あ、……ああ、」

絶望的に、朔はその事実を悟った。

異能を使用した、集団自殺が実行された。

つまり朔は口梨を止められなかったのだ。

＊＊＊

『食糧室』―死体。

『浄水場』―死体。

『発電室』―死体。

『居住区・男』―死体。

『居住区・女』―死体。

『医務室』―死体。

『修練室』―死体。


どこにも、かしこにも、死体が落ちている。


ふらふらと、朔《さく》は先ケ崎《さきがさき》内をさまよった。

誰も彼もが死んでいる。

まだ、口梨《くちなし》の死体は見つかってはいない。だが、この状況で生きていると考えるのには無理があった。彼はどこかで、朔をあざ笑うかのごとく、亡くなっているに違いない。それも、異能を使用したおぞましい死体となってだ。

朔の脳内で、ぐるぐるとその事実が回る。

(失敗した。失敗した。俺は失敗したんだ)

もう、藤花《とうか》は助けられない。

彼女を救うことはできない。


そして、ついに朔はそれを見つけてしまった。

先ヶ崎口梨の死体だ。


予想と反して、彼はとても穏やかに目を閉じていた。

上顎《あご》と下顎の裂けた、先ヶ崎当主らしき女の隣で、口梨は椅子《いす》に座っている。その唇からは、おびただしい量の血が流れだしていた。おそらく自身の異能で心臓を潰《つぶ》したのだと考えられた。

どさりと、朔はその場に座りこんだ。小さく、彼はつぶやく。

「……ひどい、じゃないですか。嘘《うそ》をつくなんて」

同時に思う。

これが、藤花以外の人間を真に思いやれない自分には、正しい終わりなのかもしれなかった。

かつて、未知留《みちる》を見捨てた自分には。

この結末に、まつりは怒っただろう。三十分を待つあいだに、藤花は殺されたのだ。それなのに、自分はただ馬鹿のように座っていたのだった。泣きながら、朔はつぶやく。

「ああ、そうだ。死のう」

藤咲《ふじさき》の女たちの傍《そば》に落ちていたメスを使って……いや、それもまた甘えだった。死のうと思えば、今すぐにでも死ぬことはできる。

恐ろしく痛いだろうが、それこそが罰だ。

朔《さく》は自分の舌を長くひきだした。ぬめるそれをつかんで、勢いよく嚙《か》み切ろうとしたときだ。


「なにをしているの、朔君！」

「やめてください、朔さん！」


ふたつの声が、かけられた。

呆然《ぼうぜん》と、朔はそちらを見る。


藤花《とうか》とまつりがいた。

ふたりには怪我《けが》ひとつない。ただ、まつりは目にいっぱいの涙を溜めていた。だが、それからはすぐに意識を逸《そ》らせて、朔は床を蹴《け》った。無我夢中で、彼は藤花を抱きしめる。

柔らかな体を腕の中に閉じこめて、体温を確かめた。泣きながら、朔はその名前を呼ぶ。

「……藤花だ」

「うん」

「俺の藤花だ」

「君の僕だよ」

「生きてる」

「うん」

「生きて、くれている」

ぽろぽろと、朔は涙を落とした。宝物を抱くように、藤花に縋《すが》りながら彼はささやく。

「よかった……愛してる」

「僕も誰より愛してるよ」


そこで、朔はある事実にようやく気がついた。

まつりがしゃくりあげながら、口梨《くちなし》の死体を見つめている。朔は息を呑《の》んだ。藤花を攫《さら》ったのは決して許せることではない。だが、朔が口梨を止められなかったことと、それなのに藤花を返してもらえたことは事実だ。朔は口を開く。

「……すまない。こうなってしまったのに、ありがとう。藤花を生きて帰してくれて。あんたと協力者が、そうしてくれて助かった」

「違い、ます。協力者なんて本当はいません。あれは単に黒ずくめの格好をしたお父さんです」

「えっ?」

朔《さく》はまばたきをした。


それでは、話がなにもかも違ってくる。

口梨《くちなし》は、まつりの起こした事態に最初から協力していたのか。

娘の強い望みに反して自殺をするつもりだったというのに?

混乱する朔に向けて、まつりは絞りだすような声で続けた。

「朔さんは完璧に役目を果たしてくれました」

先ケ崎《さきがさき》を皆殺しにして、己も死ぬこと。

「それが、お父さんの本当の望みだったんです」

＊＊＊

「僕は捕まえられていただけで、なにも聞かされてはいない……ただ、まつり君がいろんな場所にしかけたカメラやマイクで、状況自体は把握していたんだ。だから、君のお父さんの『本当の目的』と、『動機』についてはだいたいわかっているのだけれども……僕から語ったほうがいいかな？　今、君がしゃべるのは、あまりにも辛《つら》そうだしね」

「ええ……お願いできれば……助かります」

藤花《とうか》の問いかけに、嗚咽を噛《か》み殺しながら、まつりはうなずいた。彼女は口梨の手をとって、何度も何度もいたわるようにさすった。お父さんと、彼女はくりかえしささやいた。よく、がんばったね、お父さん。ありがとう。えらいよ。がんばったよ。

その間に、藤花は朔へ向き直った。まつりの代わりに、彼女は説明を開始する。

「まず、先ヶ崎の様子を見れば、『終わりの日』まで集団自殺などする意志がないことは、かんたんにわかったはずだ。彼らは食糧の余剰を気にかけ、殺人を楽しみ、生を謳歌していた。そのうえでの、口梨さんの真の目的……それは『朔君と近距離で話をすること』だったんだよ」

「……意味がわからないな。なぜ、そんなことを？」

朔は口梨と交わした会話を思いだす。口梨は、彼の本音を尊重してくれた。だが、あれが目的だとはどうしても考えられない。混乱を深める朔に対して、藤花は答えを教える。

「近くで話しあうとき、人は人の目を見る」

「あっ！」

「そう、彼の本当の目的は『異能向上の目で、朔《さく》君に力を増幅してもらい、先ヶ崎《さきがさき》を皆殺しにする力を手に入れることだった』んだよ」

言われて、朔は口梨《くちなし》の動作を思い返した。

話をはじめるさい、彼は眼鏡《めがね》を外した。あれは、異能増幅の効果に影響がないか不安だったためだろう。それに言葉を交わす間中、彼は朔の目を見つめていた。だが、

「それならば、藤花《とうか》を攫《さら》って協力するように脅すだけでよかったのに。なぜ、こんな回りくどいことを」

「それは、彼が『社会の倫理規範に沿えば悪』なことに、朔君を加担させたくなかったからだろうね。あくまでも、君には『自殺を止めるという正義の行為』に奮闘する立場でいさせようとしてくれたんだ……まあ、朔君の本音はアレだったけれども……あの言葉が、口梨さんの心に刺さったのは本当だと思うよ」

藤花はささやく。どうしてそう言いきれるのかと、朔は首をかしげた。藤花は両手を広げる。

「ここからは『動機』の解明に移るよ」

なぜ、父親たるものが一族を殺して、
娘を残して、ひとりで自死したのか。

「逃亡していた僕たちはともかく、他の藤咲《ふじさき》の女たちにはいっせい招集がかかっていたはずだ。それなのに、なぜ、あの四人の女たちは先ヶ崎のほうに来たのか。また、藤咲の異能を持つ女の居場所をどうやって知ったのか。彼女たちは、僕みたいに霊能探偵事務所の看板を掲げていたわけでもないんだ。藤咲の『かみさま』候補……つまり、異能の女たちの正確な把握は上層部しかしていないのに」

「言われてみれば、そうだな」

「それに死体は老婆がひとり、中年の女性がふたり、中学生くらいの娘さんがひとり。ちょうど、ひと家族にひとりを足したかたちだ」

あっと、朔は口を開いた。確かに、そう考えなければ年齢のばらつきが逆に不自然になる。

さらに、藤花は組み立てている推測への根拠を足した。

「加えて、先ヶ崎の青年が言っていた、『口梨さんは運がいい』。『右端の死体には性的イタズラはNG』という旨の話題……これらから導きだされる結論はひとつだ」

藤花はまつりのほうを向いた。彼女は父親似だ。だが、人形めいた雰囲気ももっている。まつりに向けて、藤花は傷ましそうに語りかけた。

「つまり、先ヶ崎には過去に嫁いだ藤咲の女がいた。今までは問題なかったが、先ヶ崎が世界の終わりに貢献しようと決めたせいで、状況は一変。彼女は脅され、姉か、妹の家の場所を教えてしまった……そして、親族に呼び出されたのでやってきた家の女たちは、皆殺しにされてしまった。さらに、脅された女性自身も残忍に殺されてしまった」

それが君のお母さん。
口梨《くちなし》さんの、奥様だ。

少女たるものは悲しい真実を明らかにする。
その推測に、まつりはこくりとうなずいた。

＊＊＊

「お母さんが殺されたとき、ちょうど、お父さんと私はいなかったんです」
親子が不在のあいだに、母親に対する一連の脅迫と殺害は実行に移された。

当初は、『口梨の妻』にかんしては傷つける予定すらなかったのだという。だが、自分のせいで親族の凄惨《せいさん》に殺されるさまを目撃し、彼女は急速に精神状態を悪化させた。最後にはただ笑い続ける廃人と化してしまったのだ。結果、先ケ崎《さきがさき》の面々は『口梨の妻』を『生かしてお いてもしかたがない』と判断した。そして、どうせ殺すのならばと『有効利用』した。

口梨については、彼の先ヶ崎内での地位をあげることで機嫌をとれると判断したらしい。

浅はかなことだった。

「たしかに、お父さんははじめは許そうとしたんです」

もうすぐ、世界は終わる。

先ヶ崎は『藤咲《ふじさき》の女』を殺害し、終焉《しゅうえん》を加速する道を選んだ。口梨自身もそれには反対しなかった。なれば、こうされたことも自然の罰か。そう、彼は理性的に受け入れようとしたのだ。

だが、冷静で冷徹な思考は死体のありさまを見た瞬間、吹っ飛んでしまった。

そこにあったのは、人が人を使って愉しんだ痕跡だった。

それでも、口梨は必死に自分を抑えこもうとした。

殺しは悪だ。

最悪の罪だ。

その根底にして前提がなければ、社会は成り立たない。瞬く間に崩壊をとげる。だが、逆説的に言えばこうなるのではないか？　社会が成り立っていなければ殺しは罪ではない。

秩序の粉砕。

社会の崩壊。

世界の終焉。

つまり、今だ。

だから、
だから？

「アレは悪だと、父は結論づけました。父は言いました。『万が一、神が許したところで、私が許しはしない。絶対的な悪の所業だ』と」

そうして、親子は復讐《ふくしゅう》を誓った。

また、口梨《くちなし》が決意を固めた背景には、まつりの将来への憂いも存在していた。

先ヶ崎《さきがさき》の青年が粘つく視線を向けていたように――地下暮らしが続き、過剰なストレスに晒《さら》されている面々は――いつ『藤咲《ふじさき》の女の血を引く娘』をも毒牙にかけるかわからなかった。

ゆえに、口梨は全員の殺害を決意する。

そのために、幸いにも彼の異能は適していた。だが、全員の惨殺を可能とするほどの威力はない。計画に行き詰まっているときだ。藤咲の有名なふたり――『霊能探偵・藤咲藤花《とうか》と異能増幅の目をもつ朔《さく》』――の情報が耳に入った。

ダメもとで、まつりは記載のアドレスにメールを送った。

「それに、僕が返事をしたわけだね」

「そうです。まさか、繋《つな》がるとは思わなくて凄《すご》くびっくりしました」

まつりは、そこで口をつぐんだ。

あとは朔たちも体験したとおりだろう。まつりと口梨はひと芝居を打ったのだ。

改めて、朔は口梨の死体を見る。もう思い残すことはないというように、彼は目を閉じていた。その口元を濡《ぬ》らす血を眺めながら、朔はつぶやく。

「……口梨さんは死なないでもよかったのでは?」

「お父さんは言っていました。『社会規範に照らして判断した場合、答えはすでに明確にでている。生とは善いことで死は悪だ』」

「しかし」

「『復讐も同じだよ、朔君』」

朔は目を見開いた。一瞬、口梨がしゃべっているように、彼は錯覚したのだ。

生前の父親に伝言を遺《のこ》されていたのだろう。まつりはなるべく低い声で語る。

「『私は殺人者だ』」

だから口梨《くちなし》は、
罰を、受けた。

祈るように、朔《さく》は目を閉じる。藤花《とうか》も同じことをした。辺りは沈黙に包まれる。

ふたりの黙禱が終わるとまつりは車のキーを投げた。それを朔に渡して告げる。

「伝言には続きがあります。『社会はもうすこし続く可能性がある。藤咲《ふじさき》の本家に行くといい。

君たちは、世界に求められているのだから』」

すうっと、まつりは息を吸って吐いた。

そうして彼女は不思議な言葉を告げる。

「『【神降ろし】のために』」

間話

たとえば、そこに幸福があったとして。
たしかに揺るぎなく、存在していても。

永遠には、続かない。
永続とは一種の罰だ。

たとえば、そこに幸福があったとして。
消えることなどなく続いて欲しくとも。

いつかは、すべてのことに終わりがくる。
それこそが救いにほかならないのだから。

人生は舞台か？
人生は舞台さ！

かつて、白い少女の口にした言葉を、朔《さく》は思いだす。

なぁんの意味もなかったのに。

続けて、朔の見捨てた娘の落とした、つぶやきを。

あるいは、君が死なないか。

最後に、朔を心配してくれた、超常の人のささやきを。

朔は考える。人生とは、ある種の舞台のようなものかも知れない。そこで、人は必死に、切実に、踊り狂っている。くるくると、ダンスを続けている。また、朔の演目には意味があった。彼にはいっしょに踊る相手が。藤咲藤花《ふじさきとうか》がいたからだ。そして――――、逃れようのない死について考えたとき、一番に選ぶべきことはなんだろうか。

「結婚しようか、藤花」

ぽつりと、朔《さく》は言葉を落とした。

どうっと、風が吹く。桜が舞う。

帰り支度をしていた藤花《とうか》が振り向く。

目を見開いて、彼女は固まっていた。

笑って欲しくて、朔は続けた。

「結婚しよう、藤花」

彼女はなにも言わない。

大きな目に涙が浮かぶ。

「結婚してください、藤花」

立ちあがって、朔は彼女の前にひざまずいた。そして、もう一度くりかえす。

白い手をとられながら、藤花は呆然《ぼうぜん》とする。彼女は笑ってなどくれなかった。

「うわあああああああああああああん」

大声をあげて、彼女は泣きだした。

＊＊＊

「き、嫌われるうううううううううう！」

すっとんきょうな言葉であった。

あまりにも、誰も予想しない絶叫だった。

朔は呆気《あっけ》にとられた。いつかのように、彼は思わずたずねた。

「き、嫌われるって、誰に？」

「僕が、朔君に、そんなふうにプロポーズをしてもらったからぁあああああああっ！」

わけのわからない言葉だった。朔が藤花にプロポーズをするのは、遅すぎるくらいの流れではないのか。だが、そう混乱する朔の前で、藤花は泣きに泣いた。そして彼女は朔を立たせた。

腕に抱き着くと、藤花は言った。

「僕はこっちのほうがいい！　そんなふうにお願いなんてしないでいいよ！」

「……うん」

「これからも、ずっといっしょに歩いておくれよ！　約束だよ！」

好きだなと、思った。

こういう子だからこそ朔《さく》は藤花《とうか》を好きになったのだ。

彼は藤花を抱きしめる。そうして、朔はささやいた。

「誓うよ。死ぬまでずっと藤花の傍《そば》にいる」

「違うよ。死んだって、僕は離れないから」

頬《ほお》を膨らませて、藤花は言う。それに、朔は返事をしなかった。ただ、彼女の頭をわしわしわしっと撫《な》でる。わっわっわっと、藤花は慌てた。彼女に、朔は告げる。

「よしっ、これで藤花は俺のお嫁さんな！」

「元からそのつもりだったけど、朔君は違ったの？」

「違わないよ。でもさ、改めて」

「改めて……そっかー。僕は花嫁さんになったんだ、えへへ」

「俺の花嫁さんな」

「朔君の花嫁さん」

にこにこと、藤花は笑う。

やっと、その花のような笑顔を見ることができた。

そのことに朔は安堵《あんど》する。だが、藤花はわずかに表情をくもらせた。彼女は小声でつぶやく。

「あっ、でも、僕……実は式もあげたい」

「まだ世界は落ち着いてないからな。簡単なものになるけど……」

「朔君とふたりきりの静かな式でいいよ！」

「ウェディングドレス、借りられるかな？」

「なんなら、ヴェールだけ自作してもいいよ！」

「藤花って縫いものできたか？」

「うっ、が、がんばるよ」

「できなきゃ、俺が作るよ。似合うのにするからさ」

朔は藤花の頭を撫でた。ほにゃりと彼女は笑う。きっと、藤花にはマリアヴェールが似合うだろう。そう、朔は考えた。ヘッドドレスを崩さないように気をつけながら、朔は手を動かす。

「そうして、キスをして」

「指輪の交換をしよう！」

ふたりは笑いあった。

唇を重ねる。深いキスのあとに、朔は藤花を抱きしめた。

腕の中の体は温かい。祝福のようにやわらかい。
桜の舞い散る中、彼は思った。

自分は幸せだ。
ずっと幸せだ。

「大好き、朔《さく》君」

この声があったから、

永遠に、
幸福だ。

第四の事件　さよならかみさま

せっかく鍵を渡されたものの、朔《さく》は車を置いていくことにした。

彼はまともに運転ができない。また、先ヶ崎《さきがさき》付近の土地勘もなかった。自力で藤咲《ふじさき》本家を目指すことは困難だ。加えて、社会には存続の可能性があるという。しばらくのあいだ、まつりは——死体たちをガラス張りの部屋に集め、封印したうえで——安全のため地下ですごすという。だが、いつかは外にでなければならなかった。そのときのためにも足があったほうがいい。

朔と藤花《とうか》はそう考えたのだ。

聞けば、まつりは運転ができるという。

ならば、なおさらと朔は言った。

「お父さんの形見は、まつりさんが使ってください」

「ありがとう、ございます……そうさせてもらいます」

そう、彼女は頭をさげた。続けて藤花に向き直り、まつりはふたたび深々と礼をした。

「猫のことすみませんでした」

「別に、いいよ」

「あの、私」

「かわいそうな猫がいなくてよかったよ」

「実は……まろすけは本当にいたんです」

えっと、朔と藤花は顔をあげた。

まさか、写真すらも偽りだった猫が実在するとは思わない。

まつりは悲しげな目をした。彼女は泣き笑いのような表情を浮かべる。

「母の、猫だったんです。あのとき、藤花さんの言葉に動揺して……とっさに嘘《うそ》を吐《つ》こうとしたときに、少しだけ本当が出てしまいました」

「もしかして、もう、本当のまろすけ君は」

「ええ、母が殺されたとき、にゃーにゃー鳴いて、うるさいと殴られて……」

「そうだったのか」

「あまりにつらくて、写真は全部削除しちゃったんです……でも、会いたいのは本当でした」

その気持ちが、藤花には伝わっていたのかもしれない。

口梨《くちなし》の死体を、まつりはまろすけと重ねるように見つめた。それから顔の裂けた当主を見る。

ひとり言のように、彼女はつぶやいた。

「猫も、家族も、嫌いな人たちも、みんな死にました」

「……まつりさん」

「もう、私はひとりっきりです」

「……そう、ですね」

「でも、これがお父さんに協力した、私への罰なんでしょうね」

罪と罰について。

思わず、朔《さく》は考えた。


愉しく殺したものたちは、殺された。

哀しく殺したものは、自害を選んだ。


そしてひとつを止められず、もうひとつに加担したものは残された。


罪と罰とは、本当に正しいものなのだろうか。

そこに、ちゃんとあるべきものなのだろうか。

朔にはわからない。だが、

「すみません、俺たちはもう行きます」

確かなことは、ひとつだけだ。

朔たちは彼女に寄り添えない。

「このままでは、世界が終わってしまうので」

藤花《とうか》の生きている場所だけは、
守らなければ、ならなかった。

藤咲《ふじさき》朔の選択は変わらない。未知留《みちる》を突き放したときから――あるいは、そのずっと前から
――彼はただひとり鬼のままだ。だから、朔は藤花の手をとって、まつりのことを置いていく。

「……はい、わかりました。どうか、お気をつけて」

もう一度、まつりは頭をさげた。

決して彼女は顔をあげなかった。

朔たちが去るまで。

＊＊＊

ギイイイイッという音と共に、光が射す。

バンッと、鉄扉は横に倒れた。

ハシゴを登って、朔《さく》たちは外にでた。廃工場を模した施設を、ふたりは後にする。枯草の生えた駐車場を横ぎり、坂道を進んだ。そのまま不意の襲撃に警戒しながら、しばらく足を運ぶ。

「藤花《とうか》、どう？」

「うん、ここなら大丈夫みたい……はい、朔君」

生きている電波が届く地点に、ふたりは無事に着いた。

朔は藤花のスマフォを借りる。元々携帯していたものは、脱走時に逆探知を恐れて捨てていた。これは『駒井《こまい》の花嫁』の兄にもらったものだ。彼にはたくさん助けられたなと、朔は思う。

息を吸って吐いて、朔は緊張をほぐした。

そして、一気に記憶の中の番号を押した。

それは今は亡き『かみさま』に教えられた数字の連なり。

彼女のもとへと繋《つな》がる、緊急の連絡先だ。

息を止めて、朔はしばらく待った。死者に電話をかけてどうするのか。自嘲《じちょう》しながらも、朔はこれが正解だとさとっていた。しばらくして、当然のように相手はでた。

滑らかな、『かみさま』のものではない、低い声がひびく。

『もしもし』

「あなたは」

『ご無沙汰しております。【かみさま】にお仕えしておりました、従者でございます』

「……お久しぶりです」

『先だっては、主のためにありがとうございました』

あの惨劇と悲劇の結末を、彼はそう肯定した。

そういえば事件直後も、従者は礼だけを口にしていたのだ。数多《あまた》の死体を目にし、仕える者の死を知りながらも、これが主の望みだったからと。

そう記憶をさかのぼる朔に対して、『かみさま』の従者は言った。

『藤咲《ふじさき》朔さまですね』

「……そう、です」

『藤花さまもごいっしょで？』

「……………………はい」

『ああ、お待ちしておりました』

あなたさまたちを、信じておりました。

そう、従者は感嘆のため息をもらした。

先ケ崎《さきがさき》の施設の場所を、彼は知っているという。自ら迎えに行くと約束して通話は切られた。

朔《さく》は藤花《とうか》のほうを見る。これでよかったのかを、彼は迷った。藤咲《ふじさき》の家もまた、歪《ゆが》んでいる。帰ることは危険といえた。異能の家に関わる以上は、なにが起きるかはわからない。

しかし、世界をどうにかしないかぎりは安全な場所などどこにもなかった。

朔の心配そうな視線に対し、藤花は小首をかしげた。彼女は穏やかに笑う。

「大丈夫だよ、朔君」

「……藤花」

「僕たちがいっしょにいられるなら、きっと大丈夫だ」

そうだなと、朔はうなずいた。

ふたりいっしょならば、殺されたところで悔いはない。

引き離されそうになったら死ぬまでだ。

あるいは、ふたたび、誰かを殺すのか。

朔は考える。未知留《みちる》のことを、恋に生きた女性のことを、彼は思いだした。胸に悲しみがよぎる。加えて、今まで死んでいった者たちが、なにかを訴えるかのごとく、浮かんでは消えた。

だが、朔は彼らにかける言葉をもたなかった。

そうして、あっという間に時間は経過した。
彼らの前に、メルセデスベンツが止まった。

扉が開く。朔と藤花は身を固くする。
その前に、『かみさま』の従者はでてきた。まるでレッドカーペットに立つかのような優雅さで、彼はアスファルトのうえで靴のかかとをそろえる。背の高い姿が、影を落とした。
そうして、従者は深々と礼をした。

「お迎えに、あがりました」

そうして、朔と藤花は藤咲家にもどった。

すべての元凶であり、
はじまりの場所へと。

＊＊＊

藤咲《ふじさき》の本邸は、以前は血で満たされていた。
『かみさま』の粛清の結果である。歪《いびつ》に変わり果てようとしていた危険因子を、彼女は炙《あぶ》りだして殺した。そして、自らも命を絶った。最後の最後に、彼女は晴れやかな表情で言い遺《のこ》した。

『ああ――――これでやっと、すっきりした』

そうして、さよならを言うひまもなく、『かみさま』は死んだ。

その後、分家の少女が中心となり、藤咲家は騙《だま》し、騙し回りはじめた。だが、帰ってみると
――驚いたことに――現在の采配《さいはい》は、『かみさま』の従者によって行われていた。
「新当主と、異能者の少女はどうなったのですか？」
「彼らはお亡くなりになりました」

まさか、従者が殺したのかと、朔《さく》は疑った。だが、詳しく聞いてみれば、分家のものに殺意が伝染し、現当主と象徴だった少女がその毒牙にかかったのだという。

とはいえ、『かみさま』の従者が、ふたりを積極的に助けなかったことは事実なようだ。その後、犯人をあっさりと返り討ちにして、『かみさま』の従者は『これ幸い』と動きはじめた。

「今は、利権がどうの、地位がどうのと言っている場合ではございません。私には、『かみさま』が遺された世界を、守る義務がございますので」

世界を救うために藤咲の女たちを集めることに決めたのは、彼だったのだ。

あいかわらず爬虫類《はちゅうるい》を連想させる細身のスーツ姿で、従者はささやく。

「まだ、少しだけ時間がございます。どうかごゆるりと、おすごしを」

「待ってください……世界をどうやって救うのですか？」

考えても考えても、それだけはわからない。

朔は疑問をぶつけた。従者は己の胸に手を押し当てる。藤花《とうか》に対して、彼はささやきかけた。

「朔さまはまだ、ぴんとこない様子。ですが、霊能探偵でもあったあなたさまには、すでにおわかりのことでしょう」

「ああ……そうだね」

「かんたんなことでございますとも」

「世界を救う方法は、考えてみれば確かにそれしかない」

重々しく、藤花《とうか》はうなずいた。

朔《さく》は驚く。やはり、彼女にはすべてのことがわかっているらしい。けれども、今、藤花はなにも語らなかった。こうなった彼女から、無理に情報を聞きだすことは不可能に近い。そう知っているので、朔は口をつぐんだ。

おふたりのほうがいいでしょうからと、従者は去る。

残されたふたりは、ふらふらと藤咲《ふじさき》の屋敷の中をさまよった。何人かの女たちが、自由に過ごしている。彼女たちからは離れて、朔と藤花は中庭に降りた。

辺りに雪はない。

桜はつぼみを膨らませている。

朔は思った。


もうすぐ春が来る。


はじまりの日々と同じ。

花の、咲き誇る、春が。


「……桜、もうすぐ咲きそうだね」

「まだ、すこし遠いんじゃないかな」

「そうだね……でも、春が来るんだ」

噛《か》みしめるように、藤花は語る。ぎゅっと、彼女は彼の手を握った。応えるように、朔も指へ力をこめる。なにかを祈るかのごとく、藤花は言う。

「春が来るんだよ」


風が、吹いた。

木の枝が揺れる。

まだ、桜が咲く日は遠い。

藤花は首を横に振った。力なくほほ笑んで、彼女は続ける。

「覚えているかな？　僕、朔君とはじめて会ったとき、わーわー泣いちゃったよね？」

「ああ、『嫌われる』って言ってな」

「えっ、そんなにも細かく覚えてるの？」

藤花は目を見開いた。

だが、朔からすれば覚えていて当然のできごとだった。そのやりとりのせいで、朔は彼女のことが好きになってしまったのだから。だが、恥ずかしいので口にはしない。

しばらく、藤花《とうか》は無言で照れた。だが、真剣に言葉を続ける。

「嫌われたくなかったんだ……僕の前に現れてくれた朔《さく》君は、とても悲しくて、優しい目をしたお兄さんだった。どんな人がくるのか、不安でいっぱいだった僕に、温かな声をかけてくれた。この人とずっといたい。いっしょに歩きたい。心から、僕はそう思ったんだよ」

「……藤花」

「僕の恋はね、あんな最初からはじまっていたんだ」


笑うかい？

藤花は問う。


目を細めて、朔は思う。


あの日、朔が己の運命を嘆いていたとき、出会った少女に恋をしたのと同様に。

人はときに、本当にささいなできごとに、圧倒的な救いを見いだすことがある。


「笑わない」

「優しいね」

「俺もだから」

「えっ？」

そして、少女と青年は出会って。

ふたりは互いへ一生の恋をした。


「俺も、はじまりからずっと藤花のことが好きだった」


朔は告げる。

藤花は息を呑《の》んだ。ぐすっと彼女は鼻を鳴らした。どちらからともなく、ふたりは身を寄せ合う。藤花は固く目を閉じた。朔のシャツを縋《すが》るように握って、彼女はささやく。

「嘘《うそ》じゃないよね？」

「全部、本当だよ」

「僕たち、もしかして、運命だったのかな？」

「……わからない。でも、そうならいいと思う」

「もしも、運命なら」

これからも、ずっといっしょにいられるのかな？

必死に、朔《さく》は考える。

もしも罪と罰があるのならば、
ふたりは許されるのだろうか。

『かみさま』を殺した藤花《とうか》と。
未知留《みちる》を突き放した、朔は。

許されないかもしれない。
それでもいい。
地獄に堕《お》ちようがかまわない。
そう朔は決めていた。

鬼のように、人間のごとく、決めてしまっていた。

「大好き、朔君」

「大好きだ、藤花」

ふたりは静かに唇を重ねる。

やがて『かみさま』の従者が迎えにきた。

世界を、救う。

そのときだと。

＊＊＊

かつて、『かみさま』の祭壇が置かれていた部屋。そこは今や完全な空き室にされていた。豪奢《ごうしゃ》な御簾《みす》や短い木の階段をはじめとして、すべての家具や装飾はとり払われている。白木の床のうえには、何人もの藤咲《ふじさき》の女たちが車座になって座っていた。思わず、朔は息を呑《の》んだ。美しく整った顔が並ぶさまには異様な圧がある。彼女たちは全員が藤花を見あげた。

そっと、藤花はため息をつく。

「やはり、僕が中心になるのか」

「どういうことなんだ、藤花《とうか》？　なんで、藤咲《ふじさき》家の女たちが世界を救えるんだ？　そのためになにをしようと言うんだ？」

「……そうだね。まずは、朔《さく》君の抱える謎《なぞ》を解いておこうか」

藤花は言う。彼女は『かみさま』の従者に視線を向けた。彼はうなずく。時間はまだあるらしい。

藤花は両腕を広げた。彼女はささやく。

「思いだして、朔君。僕は『劣化品』だ」

「……藤花はそんなんじゃない」

「朔君はそう言ってくれるけれどもね、これは事実なんだよ。僕は怨《うら》みをもった魂を、しかも原型を保てない状態でしか呼べない」

それは、朔もよく知る事実だった。突然、藤花がなにを語りだしたのか。なにを紡ぎだしたのか。朔にはわからなかった。その混乱にはかまわずに、藤花は先を続ける。

「だが、藤咲家全体はそうではない。藤咲は『死者呼びの藤咲』だ」

ああ、そうだと、朔は思う。

異能を冠した有名な家は四つ。

十二の占女の永瀬《ながせ》。

神がかりの山査子《さんざし》。

預言の安蘇日戸《あそひと》。

そして、死者呼びの藤咲。

「つまり、藤咲の女たち全員の力をあわせれば、死者も完璧なかたちで呼べる」

「だか、ら？」

「思いだしてみて……かつて、ただひとりだけ、『神様』を一時的に抑えるどころか、完全に対処することすらできた人間がいたでしょ」

ハッと、朔は目を見開いた。


彼女は肉体が稼働を止めてすら死なかった。

彼女はすべての幻想をあつかえた。

彼女は幻の匣庭《はこにわ》に住んでいた。

彼女は桜の降る中で朔と話をした。

彼女の手の中では生も死も自在だった。


「そう、藤咲の『かみさま』だよ」

ようやく、朔《さく》は理解する。

『かみさま』は死んだ。

つまり、彼女もまた特別な存在とはいえ死者になったのだ。

ならば、藤花家の『死者を呼びだす』異能が使える。

だが、彼岸を越えた『かみさま』を連れてくるのは容易ではないだろう。

つまりそれは、
まぎれもなく、

『神降ろし』だ。

＊＊＊

「ちょっと待ってくれ。やろうとしていることはわかった」

くらりとして、朔は額を押さえた。

確かに世界を救うにはそれしか方法がないだろう。

『神様』には『かみさま』をぶつけるのだ。だが、ひとつだけ、朔には疑問があった。

「だが、なんで、藤花《とうか》がその中心になんてなるんだ？」

「……特別な死者を呼びだすには縁の近いものが必要だ」

「だからって、他の誰かでも」

「僕は『かみさま』を一度殺したからね」

藤花はほほ笑む。

朔はツバを飲みこんだ。彼は場に集まった女たちを見る。

冷たい視線が返った。恐らく、『かみさま』は死が間近に迫ったさい、己の従者に真実を漏らしていたのだろう。そして、全員が『かみさま』の従者により、その事実を教えられているらしい。だが、同時に非難するものはいなかった。

朔は悟る。中心を務めるのならば許すと、彼女たちは無言で伝えているのだ。

『かみさま』を呼びだすための、犠牲になれと。

藤花は、悲しく笑う。

「これが、僕への罰なんだよ。ついに、来るべきときがきたんだ。それだけだ」

「……危険は、ないのか？」

「……朔君」

「『神降ろし』の中心なんて、危険に決まっている！　そうなんだろ？」

朔は藤花の肩をつかむ。じっと、彼は真剣に彼女を見つめた。

言い逃れはできないと諦《あきら》めたらしい。藤花《とうか》は重く口を開いた。

「……多分、僕の精神も肉体も壊れるだろう。けれども」

「嫌だ！」

「朔《さく》君！」

「逃げよう、藤花！」

その手をつかみ、朔は走ろうとした。

壁際の『かみさま』の従者が動く。

だが、朔はかまわなかった。近づいてくるのならば、彼の喉《のど》を食い破ってでも殺すだけのことだ。あとは世界が終わるまで、藤花を守れればそれでいい。朔は駆けようとする。

だが、パシッと手を払われた。

他でもない、藤花によって。

「藤、花？」

「君の生きている世界なんだよ！　守らせてよ！」

「おまえがいない世界になんてなんの意味もない」

「朔君のことだけは、僕が守るんだ！」

「駄目だ！　俺はおまえだけは……おまえだけを」

「しかたない、ね……お願いします！」

悲痛な声で、藤花は叫んだ。

なにかと、朔は虚を突かれる。次の瞬間、彼は首筋に衝撃を受けた。いつのまにか、『かみさま』の従者に接近されていたのだ。彼は手刀を振るったらしい。

ぐわりと、朔の視界は回った。

どさりと、彼は倒れ伏す。

泥に沈む鉛のように、体が重い。

濁る視界の中で、『かみさま』の従者が口を開いた。

「やれやれ……朔さまの目で、全員の異能の底あげをしたかったのですが……こうなっては、しかたがありませんね」

「ごめんなさい。でも、助かりました」

「いいえ。それよりも藤花さま、見事なお覚悟です」

「ありがとうございます」

「はじめましょうか?」

「はい……じゃあね、朔君」

美しい、誰かが言う。

ひらひらと手が振られる。

それは白い。

あれは蝶《ちょう》か。
いや、桜の花びらだ。
そう朔《さく》は知っている。
もうすぐ春が来る。

春が来るのだ。

それなのに、

「君といっしょで幸せでした」

そしてさよならを言うひまもなく、
朔の意識は、暗闇《くらやみ》の中に飲まれた。

＊＊＊

誰かが、
誰かが泣いている。

大きな声で、泣き続けている。


うすく、朔は目を開いた。

見れば、怖い顔をした女たちの中心に、よく知る少女がいた。

彼女は泣き叫んでいる。その唇や目の端からは、だらだらと血が垂れていた。

朔は思う。きっと、彼女は怯《おび》えているのだ。周りが、みんな、恐ろしい表情をしているから。

しかたがない。彼女は、泣き虫だから。

(俺が、行って、やらないと)

そう考えて、朔は這《は》いはじめた。ずるずると、彼は泣いている少女に近づく。

女たちはそれに気がついた。だが、余裕がないのか、なにも言わない。

壁際に立った男だけが、つぶやいた。

「おかしい……藤花《とうか》さまでは、縁が足りないのか。それなら、他に誰がいると」

そこで、彼はハッと気づいた顔をした。男は朔のほうを見る。そうして、近づいてきた。

だが、朔にとっては、彼の接近などどうでもよかった。ちょうど、朔は少女のところへ着いたところだった。少女は血を吐き、全身を震わせる。その細い体に、朔《さく》は腕を伸ばした。

いい子、
いい子。

そう、彼はその体を抱きしめる。

少女は——藤花《とうか》は泣き虫だ。

でも、泣かなくたっていいんだよ。

おまえは、俺が守るから。

「朔君、さくくん、さくぐんっ！」

藤花が叫んだ。必死に、彼女は彼にすがる。

血と共に大粒の涙が落ちた。彼女は顔をくしゃくしゃにする。ぎゅうっと藤花は朔に抱き着いた。藤花は何度も首を横に振る。なにかを耐えようとする。けれども大きな声で叫びだした。

「ああああ、嫌だよ、嫌だよぉおおおおおおお。やっぱり嫌だあああああああああ」

「どうしたの？」

「死にたくない。ひとりで、ひとりぼっちで死にたくないよおおおおおおおおおお」

「だいじょうぶ」

俺がおまえを守るから。

おまえを傷つけるものから。

ぜんぶ、ぜんぶ。

だって。

「だいすきだもの」

「ならば、あなたさまは代わりになれますか?」

瞬間、男がたずねた。

ぐらんと、朔《さく》は頭が揺れるのを覚えた。

焦点があう。

現実を理解する。

覚悟を決める。

従者が問う。

「あなたさまは幻想の匣庭《はこにわ》に招かれたことのある客人だ! 縁はあなた様のほうが近い可能性がある! これによって朔さまは死ぬでしょう。それでも藤花《とうか》さまの代わりになりますか!?」

「――――――――――――――――ああ」

朔は応える。

藤花はなにかを言おうとする。

迷いなく、朔は続けた。

「俺が、藤花の代わりになる」

無数の目が、朔を見つめる。

中心が彼へ切り替えられた。

全身に圧がかかる藤咲《ふじさき》の異能の視線が突き刺さるそれは全身を裂いてズタズタにするひどい感覚のなか内臓が傷つけられて血を吐いてのたうち回って痛い痛いと叫びながら耐えて耐えて。

そして、

そして?

なにが起きた?

＊＊＊

桜並木は白く盛大に花をつけていた。同時に、その盛りは少しばかりすぎてもいる。故に花は一枚一枚、花弁を手放していった。柔らかな白が舞い、辺りは桜の海と化していく。

どうっと重く、再び風が吹いた。

腹に響くような、鼓膜を押すような、そんなふうに空気は流れる。

朔《さく》の視界は一面の白に染まった。

無数の花弁が宙を舞った。それらは地面に無惨に叩《たた》きつけられた。あるいは水面に軽やかに舞い落ちる。または空中へと再度投げ出され、くるりくるりといつまでも踊り続けた。

一連の様を見ながら、朔は息もできないような心地に陥った。

それだけ、花達は濃密に空間を埋めている。

まるで、人ひとりが立つ場所も許さないかのごとく。

だが、その中に、一点。

異質なものが、あった。

黒。

黒い少女だ。

花吹雪の中、少女が立っている。

その立ち姿は辺り一面に振り撒《ま》かれた、桜の白に背くかのようだった。

頑《かたく》ななほどに、彼女は黒一色だけを身に纏《まと》っている。クラシカルなワンピースは、遠い昔の貴婦人のドレスを思わせた。ストッキングに絹手袋も、そのすべてが夜のごとく黒い。

そして、彼女の顔は花に負けじと美しかった。まるで人ではないかのようだ。それだけ彼女の容姿は整っている。人でないのならば何かと問われれば、答えは一つしかなかった。

少女。

彼女は少女性の化身である。

黒でありながら、華麗な、可憐《かれん》な、鮮烈な印象を残す――少女たるもの。

それが、ただの人とは異なる――彼女という存在だった。

また、どうっと風が吹く。

少女は黒髪を押さえた。

花弁を全身に受けながらも、少女の衣服が白く染まることはない。何故か、彼女の体には、花弁など一枚も張りつかなかった。それは一種の奇術のようで、奇跡のようでもある。

触れてはいけない。

触れてはいけないよと。

そう囁《ささや》くように、花弁は少女を避けていく。

その不思議を、朔は当然のこととして受け止めた。

ここは少女の世界だ。

それが、自然なのだ。

不意に、少女は笑った。

笑った、のだろう。

紅い唇は、確かに女のしなやかさをもって歪《ゆが》んだ。

そう、朔《さく》には見えた。

なにもかもが幻想的すぎて曖昧《あいまい》だ。

現実味など、当の昔に失われている。

そんな光景の中で、少女は高みから聞こえるような声で囁《ささや》いた。

「では、話を始めよう」

「なにを」

なにを話すことがあるのかと。

そう、朔はたずねた。

上手く言葉にできぬままに。

彼がすべてを言いきれなくとも、少女は頷《うなず》いた。まるで、すべてを承知しているというかのように。再び、彼女は口を開く。

「なに、簡単なことだとも」

風が吹く。

煩わしそうに、少女は目を細めた。

桜の乱舞の中、彼女は口を開く。

凛《りん》とした声が、壁のような白を割る。

そうして、朔の耳へと届いた。


「――――たとえば、君が僕に頼みたいことについて」

＊＊＊

幻想の庭で、朔と『かみさま』は向かいあっていた。

ああと、朔は悟る。

死の縁へ消えた存在を、ここまで呼び戻すことが叶ったのだ。だが、今まで一度も消えたことなどないかのように、『かみさま』は淡々と語る。

「かつて、僕は心配したね――あるいは君が死なないか」

「俺が、ですか?」

「生きる理由を他に依存させている者は、そのためならば平気で命を投げかねないからと……やはり、そうなってしまったんだね?」

静かに、重く、『かみさま』は言いきった。

どうっと風が吹く。
そこに、鉄錆《てつさび》臭い血の匂いが混ざった。
桜の花びらは、いつのまにか紅く染まっている。
不思議と、朔《さく》は気がついた。

アレは、自分の血の色だった。
朔は、死のうとしているのだ。

朔の犠牲のもとになり立っている空間で、『かみさま』はささやく。
「たしかに、僕がもどり、力を奮えれば『神様』の被害は収まり、世界は救われるだろう。君は死んで英雄となり、藤花《とうか》君は生き続ける」
物語を紡ぐかのように、『かみさま』は語る。
寂しそうに、
悲しそうに、
哀れみをもって。
不意に、彼女は手を伸ばした。パシッと、『かみさま』は桜の花びらをつかむ。まるで蝶《ちょう》でも潰《つぶ》すかのように。だが、それは命ではない。だが、そのてのひらには紅がどろりと広がった。

血を惜しみながら、彼女はたずねる。

「だが、君はそれでいいのかい？」

「いいんです。覚悟はできています。藤花《とうか》が生きていてくれるのなら、それだけで俺は……」

「本当にいいのかい？」

朔《さく》はゾッとした。

『かみさま』は見たことがないほどに冷たい表情を、彼に向けていた。

朔は気がつく。これは、『かみさま』の神としての顔なのだと。そして、その言葉は最後の問いかけなのだと。今うなずけば、世界の救済は決まり、朔は死ぬ。


そうして、朔と藤花は死に別れる。


大丈夫です。

――――朔君。

死ぬくらいなんでも。

――――大好きだよ。

藤花の、ためなのだから。
――ひとりにしないで。

朔は気がつく。
答えたはずだ。

それなのに、『かみさま』は無言で朔を見つめている。
そして母が子に教えるかのごとく、彼女はささやいた。

「朔君、声になっていないよ」

たとえば今となって思いだされるのは笑っていた姿でいつもとなりにいてくれた小さな体でさらさらと触り心地のいい頭で朔君大好きとくりかえす甘い声で大切で大事で愛してる唯一の。

「いやだ」

唯一の、ずっといっしょにいたい人。

涙があふれた。喉《のど》が焼ける。朔《さく》は叫んだ。泣きながら叫んだ。みっともなくても、情けなくてもよかった。今までの覚悟はどうしたのかと、笑われてもかまわない。それでも、彼は己の本心を、人間としての愚かで、どうしようもなく、救いようのない望みを胸の底から吐きだす。

「いやだ、死にたくない！　ひとりで死にたくない！　藤花《とうか》とずっといっしょにいたい！　彼女を愛したい！　愛されたい！　死にたくないよおおおおおおおおおおおおおお」

『かみさま』はほほ笑んだ。

とても優しい笑みだった。

そして、

そして。

――――――そして。

＊＊＊

――朔君、がんばって、朔君

暗い、暗い、空間を迷う。
熱い、熱い、血が垂れる。

――朔君、死なないで、朔君。

誰かが、誰かが泣いている。
愛《いと》しいものが、泣いている。

――朔君、どうか。

重く、まぶたを開く。
天井は白くまぶしい。

朔《さく》は、思う。
これは桜だ。

桜が咲いている。
あの日のように。

その中で、

泣いて、
泣いて、
泣いて、

いとしい人は。

「君が死んだら、僕も死ぬね」
最後にそうとだけ言って、笑った。

とても、とても綺麗《きれい》な笑みだった。


彼女が笑った、それだけで。

死んでもいいと以前思った。


だが、今は。


「死なないよ」

「朔、君？」

「死なないよ、藤花《とうか》と生きたいから」


そう、彼は答える。

奇跡だと、藤咲《ふじさき》の女たちは声をあげた。

『かみさま』は具現化し、力を奮った。

『神降ろし』は成功したはずなのにと。

藤咲《ふじさき》の従者はなにも言わなかった。

その鋭い視線を浴びながら、藤花《とうか》は朔《さく》を抱きしめた。恐る恐る、藤花は朔を抱きしめかえした。大きな目に、涙がたまる。笑顔を見せて、朔は告げた。

「ただいま、藤花」

「おかえり、朔君」

そうして藤咲朔というただの青年は、生きて、『神降ろし』をなしとげた。

＊＊＊

やがて、時は経過した。

朔はズタズタになっていた内臓を——藤咲家に急遽《きゅうきょ》設置された——看護用ベッドの中で癒した。そのあいだにも、世界の殺戮《さつりく》数は減少していった。誰もが理解した。

一時、蘇った『かみさま』は、たしかに『神様』を抑えてくれたのだ。

それが明らかになると、『かみさま』の従者は朔の病床を訪れた。急に現れた姿を見て、朔と藤花は警戒した。だが、ふたりの予測とは真逆に、深々と、従者はその場に土下座をした。

よくぞ生還なさいました。

ありがとうございました。

「おかげさまで、『かみさま』の遺《のこ》した世界を守ることができました」

そう、従者は何度もくりかえした。

藤花は彼に厳しい目を向ける。だが、朔は違った。

「顔をあげてください」

朔は言った。必死に身体を起こして、彼は従者に向きあう。朔は口を開こうとした。だが、迷ったすえに言葉を呑《の》みこんだ。一度、彼は首を横に振る。そうして、朔はほほ笑んで続けた。

「すべては『かみさま』のおかげです」

異能増幅は、異能者たちの命題だ。

だが、壊れかけた世界では、威信を競う場合ではない。

また、藤咲朔《ふじさきさく》が世界を救った旨は、全異能者へと伝えられた。
さすがに、彼に手をだす恥知らずはいないだろうと、従者は語った。それに、高名な異能の家は、永瀬《ながせ》も、山査子《さんざし》も、安蘇日戸《あそひと》も、駒井《こまい》も、先ケ崎《さきがさき》も、ほぼ壊滅状態にあるか、なんらかの深い打撃を負っている。この状況下では、もう、朔は目を隠して生きる必要はなかった。

好きなところにお行きなさい。

朔の怪我《けが》が、完治した日。
そう、従者はささやいた。

もう、世界は終わらないから、好きなところで生きなさいと。

お辞儀をする従者に朔と藤花《とうか》は手を振った。
藤咲家を去るふたりを、桜が見送っていた。

朔と藤花は懐かしのアパートへ帰った。
そうして、ふたりは新生活をはじめた。

本当は世界を救ってなどいないのですと、言えないまま。

エピローグ

「結婚、結婚、結婚だぁ！」

謡いながら、藤花《とうか》は桜の花びらをつかもうとする。踊るように彼女は歩く。

そのさまに、朔《さく》は愛《いと》しげな視線を注いだ。同時に、彼は否応なく思いだす。

あの匣庭《はこにわ》で、彼が死にたくないと訴えたあと。

『かみさま』が、謳《うた》うかのごとく語ったことを。

『君の願望は、結果的にすべての人の死、破滅を望むもの――地獄にすら値しないほど重いものだ。それには罰がともなう』

『罰？』

『その選択のせいで、君は死んだあと、地獄にも天国にも行けずに、かつての僕のように、記憶の庭でひとり永遠にたたずみ続けることとなるだろう――それでもいいのかい？』

『今、死ねば、藤花とは……死んだあと、共にすごせるのですか？』

『それはないね。彼岸に行けば最後、個人の認識は失われてしまう。天国や地獄に、安息や苦悩はあっても、個々の意識はない。だから、君たちが一緒にいれるのは今生だけだよ』
『それならば、』

俺は藤花と一緒に生きたいです。
世界の人がどうなったとしても。

そう、朔は願った。

地獄にすら値しない望みを、口にした。
『かみさま』はやわらかく悲しく笑って。

『わかったよ、朔君』

彼の望みを叶えた。

だから、朔は知っている。

『かみさま』が『神様』を抑えたのは、実は永遠ではない。

朔《さく》という媒介が壊れないよう、死なないていどの負担で済む、限られた年月だけだった。つまり、朔と藤花《とうか》が一緒に生きて寿命を迎えたあとに、『神様』はまた現れて、世界を壊すのだ。

今度こそ、助かる術《すべ》はどこにもない。

みんなが、
みんなが、
みんなが、
みんな死ぬ。

苦しみながら、殺しあって、絶命する。

そして、朔はひとりで永遠と、天国と地獄のあいだで、安楽も苦悩も得られずに、意識をたもったまますごすのだ。それが朔の背負った罰だった。彼の重すぎる業に対する、答えだった。

それでも今は藤花がいっしょだ。
彼が死ぬまでずっといっしょだ。

かつて、藤花が望んだとおりに。
あの庭で、朔が叫んだとおりに。

ならば後悔はない。
それで、よかった。

「ねえ、朔君!」

藤花が笑う。
藤花が驚く。
藤花が歌う。

そのすべてが、美しくて愛《いと》おしい。

だから、彼は、
永遠に幸せだ。

けれども、朔《さく》は思う。

この事実を、どうか藤花《とうか》が死ぬまで知ることのないように。
彼が永遠の孤独に堕《お》ちるまで、笑っていてくれますように。

きみのことだけを、
あいしているから。

閉幕後

今は、誰もいない桜の庭。

そこに、ひとりの青年が現れる。亡くなった直前と同じ老人の動作で、彼はゆっくりとベンチに座った。記憶に焼きついた光景のなか、一番思い出に残っている姿で、彼は時間をすごす。

桜が降る。

櫻が降る。

儚《はかな》く、美しい白色の乱舞の中、誰かのつぶやきが聞こえた気がした。

『幸せだね、朔《さく》君』

「ああ、そうだな」

だが、そこには誰もいない。

もう、誰もいてはくれない。

固く、朔は目を閉じる。彼は考える。何度、時間をくりかえしたところで、自分は同じ道を選ぶだろう。後悔はない。なにひとつ、ない。だからこそ、彼は嚙《か》みしめるようにささやいた。

「本当に、そうだ」

あれ以上に幸福な日々などないだろう。
あれ以上に幸せな時間などないだろう。

痛いほどに、朔はそう知っている。だからこそ、彼は心の底から言いきった。

「俺は幸せだ」

空は晴れている。
桜は降り続ける。
すべては美しく。

風は、冷たい。

GAGAGA
ガガガ文庫

霊能探偵・藤咲藤花は人の惨劇を嗤わない4

綾里けいし

発行　2023年6月25日　初版第1刷発行

発行人　鳥光 裕

編集人　星野博規

編集　濱田廣幸

発行所　株式会社小学館
〒101-8001 東京都千代田区一ツ橋2-3-1
[編集]03-3230-9343 [販売]03-5281-3556

カバー印刷　株式会社美松堂

印刷・製本　図書印刷株式会社

Printed in Japan ISBN978-4-09-453131-2